K.NAKASHIMA SELECTION VOL.8

花の紅天狗

RENAISSANCE OF THE SCARLET PHANTOM

中島かずき
KAZUKI NAKASHIMA

論創社

花の紅天狗

カバーイラスト
高橋留美子
タイトルロゴ
河野真一
装幀◉
鳥井和昌

目次

花の紅天狗　RENAISSANCE of THE SCARLET PHANTOM

◉登場人物

月影花之丞《つきかげはなのじょう》

赤巻紙茜《あかまきがみあかね》

桜《さくら》　小町《こまち》カケル

殴屋多喜二《なぐりやたきじ》

上川端麗子《かみかわばたれいこ》

藪雨史郎《やぶさめしろう》

瀬戸際我志郎《せとぎわがしろう》

コーセー・オースチン

陰兵衛烏賊橋《いんべえいかはし》

礒原一尊《いそはらいっそん》

綾部彩美《あやべあやみ》

ハラショー川嗣《かわつぐ》

前左田《まえさだ》トール

花之丞一座の座員達

天狗ダンサーズ

仰《あおぎ》　天一郎《てんいちろう》

第一幕

夢を追う人の言葉に耳は貸さない

序景

舞台。
闇を走る異形の武士1、2、3。それぞれ覆面で顔を隠している。手に松明。

武士1 急げ。
武士2 今宵こそ江戸を火の海に。
武士3 無血開城などさせてたまるか。
武士1 江戸の町もろとも徳川幕府を焼き滅ぼしてくれる。

と、そこに響く涼やかな笑い声。

声 ふっふっふっふ。
武士3 誰だ!?

武士1　姿を見せろ。

声　天が呼ぶ、地が呼ぶ、人が呼ぶ。悪を倒せと我を呼ぶ――。

闇に一筋の光。その中に立つ女剣士。紅の着物、紅の頭巾。これが声の主だ。

紅の剣士　転生輪廻の赤い風、お呼びとあらば即参上。

刀を抜く紅の剣士。

武士1　ええい、ちょこざいな。やってしまえ！

武士2・3　おう！

襲いかかる武士達。

その剣をさばく紅の剣士。

紅の剣士　ふっふっふっふ。（マイクを出す）

武士1・2・3　ぬ。

おもむろに歌い始める紅の剣士。舞うように刀をふるう。斬られる武士達。

武士1　き。

武士2　貴様……。

武士3　名を名乗れ……。

紅の剣士　……誰が呼んだか、紅《くれない》天狗《てんぐ》。

　刀をおさめる剣士。同時に倒れる武士達。

　が、突然、胸を押さえる剣士。

紅の剣士　くっ……！

　頭巾をとる剣士。月影花之丞《つきかげはなのじょう》である。

　すべては花之丞一座の芝居の稽古。

　場所は稽古場である。

　心配そうに起き上がる武士達。全員、座員である。

武士1　せ、先生……。

花之丞　止めないで！　稽古中よ！（大声を出すと、よけい悪いのか、胸を押さえてうずくまる）

武士2　救急車、救急車！
武士3　大丈夫ですか、先生！（抱き起こそうとする）
そのとき、男が駆け込んでくる。白いマントに白い鞄。さながら白いブラックジャックという出で立ちの男。藪雨史郎《やぶさめしろう》だ。
藪雨　動かすな！
武士1　な、なんだ、あんたは!?
藪雨　私は医者だ。
花之丞　医者？
藪雨　しゃべるな。
鮮やかな手つきで聴診器をかまえ花之丞の胸に当てる。花之丞の心臓の鼓動の音、かなりはやい。
藪雨　……まずいな。（腕時計からアンテナを引っぱり出す）流星号、流星号、応答せよ。
と、ストレッチャーが走ってくる。

藪雨　（自分の前で止めて）のせろ。
武士達　え。
藪雨　手術する。

花之丞をストレッチャーに載せる武士達。

花之丞　……や、やめて。稽古中よ。
藪雨　このままだと、二度と舞台に立てなくなるぞ。私を信じろ。月影花之丞。
花之丞　あなたは……。
藪雨　ずっと、あなたのファンだった男だ。

武士達、花之丞をのせたストレッチャーを押し、駆け去る。続く藪雨。
一転して、舞台はニューヨーク、ブロードウェー。
その路地を歩く日本人女性。上川端麗子《かみかわばたれいこ》である。そこに現れる一組の男女。仰天一郎《あおぎてんいちろう》と秘書の綾部彩美《あやべあやみ》である。

天一郎　上川端麗子さんですね。
麗子　誰？

麗子、言葉を発するのと同時に細かく身振りをつけている。

天一郎　これは失礼。綾部。

綾部　はい。

と、持っていたアタッシェケースを開き中を麗子に見せる天一郎。中は札束。

麗子　……これは。

天一郎　名刺代わりの札束です。これで信用していただけますね。

麗子　信用って、何を？

天一郎　いやあ、失敬失敬。現金に勝る信用なし。そういう躾を受けてきたもので、つい。綾部。

綾部　はい。

鞄を閉じる綾部。

麗子　見せるだけなの？

天一郎　名刺代わりと言ったはずですが。
麗子　全く話がわからないので、失礼させていただくわ。（立ち去ろうとする）
天一郎　月影花之丞が倒れました。
麗子　（立ち止まる）そう。
天一郎　あれを、舞台にかけようとしたようです。
麗子　あれ……。まさか、あれを。
天一郎　そう。あれ、です。
綾部　あれ、です。
麗子　で、花之丞は。
綾部　残念ながら一命はとりとめました。
麗子　そうね。あの女はそんなことでくたばるタマじゃない。
天一郎　麗子さん、あなたの力をお借りしたい。あれを、我々のものにするためにね。
麗子　あれを？
天一郎　ええ、あれを。
綾部　あれを。
麗子　……あなた、何者？
天一郎　照明！

と、いきなり天一郎にピンスポットがあたる。

天一郎　（ポーズを決め会心の笑み）我が名は、仰《あおぎ》……。（が、次の瞬間、照明消える）あ。照明!!（再びつく）我が名はあおぎ……。（再び消える）あ。照明!!!（三度つく）あおぎ……（また消える）

天一郎に札束を渡す綾部。その金をかざす天一郎。

天一郎　しょおめぇえぇいっ!!

突然、極彩色の照明。

天一郎　（会心の笑い。札束を誇示し）我が名は仰天一郎《あおぎてんいちろう》。世の中の全てを金で買う男。そして、あなたと同じ目的を持つ男だ。
麗子　私と？
天一郎　そう、リベンジ。復讐。『紅天狗』への復讐。
麗子　（微笑む）いいわ。ただし私は……（天一郎が持つ札束を奪い、かざす）

ピンスポ、麗子にあたる。

麗子　（不敵な笑み）高いわよ。

二人、曰くありげな視線が絡み合う。

天一郎・麗子　ショータイム!!

大仰に流れ出す音楽。
天一郎と麗子、歌い踊る。
割って入るように登場する赤巻紙《あかまきがみ》茜《あかね》と復活した月影花之丞。
時間と空間を超越して歌い踊る四人。
その歌声に乗せ、今、奇しき縁に彩られた伝説の舞台の物語が始まらんとしていた。

——暗転——

第一景

花之丞一座演目『必殺洗濯人』の稽古中。
夜。川に浮かぶ船。
その中で酒宴の侍と商人。
悪家老・豪筑《ごうつく》と悪徳商人・火髪屋《ひがみや》、用心棒の頭流之介《ずるのすけ》。演じるは順に殴屋多喜二《なぐりやたきじ》、礒《いそ》原一尊《はらいっそん》、ハラショー川嗣《かわつぐ》。

豪筑　うまくいったのう、火髪屋。

火髪屋　いやいや。若殿なき今、太田湧藩《おおたわけ》十二万石はすべて御家老様の思いのまま。なにとぞ、この火髪屋に金山開発のご認可を。

頭流之介　この剣で斬るには、あまりにもたわいなかったがな。

火髪屋　いやいや。先生の腕にかかっちゃ、生兵法の若殿など……。

豪筑　おいおい。若君は、流行病《はやりやまい》で亡くなられたのだ。うかつなことを申すでない。

火髪屋　いやいや。こいつはどうも、申し訳ございません。うひゃうひゃうひゃうひゃ。
頭流之介　ふっふっふっふ。
豪筑　はーっはっはっは。

と、笑いを断ち切る女の声。

声　随分とひどいことをなすってんでございますねえ、旦那がた。
三人　なに？

浮かび上がる座部奴《ざぶやっこ》。演じるは桜小町《さくらこまち》カケル。芸者姿で手にたらいを持っている。

頭流之介　貴様……。
豪筑　こっちにこい！　女!!
座部奴　いいんですか。
火亀屋　なに。
座部奴　男と女の間には暗くて深い川がある。わっちが渡るこの川は三途の川でござんすよ。
豪筑　たわけたことを。
頭流之介　なんだ、おぬしは！

座部奴　人の心に染みついた恨み辛みの一切合切、三途の川に洗って流す、泡沫《うたかた》稼業の洗濯人。

三人　!!

音楽。シルエットで浮かび上がる物源蔵《ものげんぞう》。演じるは陰兵衛烏賊橋《いんべえいかはし》。背に大きな洗濯機を持っている。立ちすくむ火髪屋。

火髪屋　ど、どけい。

短刀を抜くと襲いかかる火髪屋。その攻撃をかわして、彼を洗濯機の中に放り込む物源蔵。スイッチを入れると火髪屋を入れた洗濯機が回り出す。

火髪屋　うわあああああああ。

洗濯機から彼を引きずり出す物源蔵。

物源蔵　汚れは落ちたか。

火髪屋　は、腹まで真っ白！

言うと息絶える火髪屋。

頭流之介　お、おのれ。

刀を抜く頭流之介。
その前に現れる無頼十《ぶらいとう》。演ずるは前左田トール。片手にアイロン、片手に霧吹きを持っている。

頭流之介　死ね！

頭流之介の剣をアイロンで受ける無頼十。その剣をかわして頭流之介に霧吹きで液体を吹き付ける。と、身体がピンと張って動けなくなる頭流之介。

頭流之介　う、動けん。何をした。
無頼十　お前はもう、糊付けされた。
頭流之介　なにい。
無頼十　悪にねじれた心のひだを、今、のばしてやるよ。

アイロンを頭流之介の顔面に押しつける無頼十。その熱さに身体が痙攣する頭流之介。
やがて動きが止まり息絶える。

豪筑　お、おのれ。

逃げようとする豪筑。その行く手を遮る座部奴。手にたらい。

豪筑　どけ、女！

刀を振り回す豪筑。頭にたらいをのせたまま軽やかに斬撃をかわすと、たらいで豪筑の頭を叩く座部奴。

豪筑　う。

一瞬動きが止まる豪筑。その隙に座部奴、たらいを置きその中から物干し紐をだし彼に巻き付ける。洗濯物のように物干し紐に下がる豪筑。両端をのばす無頼十、物源蔵。物干し紐には万国旗のように赤いふんどしが翻っている。

豪筑　き、貴様ら、何者だ。
無頼十　すっきり手間なしの無頼十。
物源蔵　柔らか仕上げの物源蔵。

座部奴　頑固なワルには座部奴。

たらいから赤ふんをもう一つ出すと豪筑の首に紐を巻きつける座部奴。

豪筑　ぐううう。

豪筑の前に立て膝立ててしゃがみ、客席に向け、ポーズを決める座部奴。両手を頭の上にのばしてふんどしの端を持っている。

座部奴　お命、お洗濯。

ふんどしの端をのばしてパーンといわせる座部奴。

豪筑　ぐ。

同時に息絶える豪筑。座部奴がスッとひくと豪筑の首に巻きついていた赤ふんがとれる。
洗濯人の三人、ポーズを決める。音楽終わる。
そのとき、手をパンと打つ音。
月影花之丞が立っている。厳しい顔つき。胸に、青く輝く丸いカラータイマーがついている。

花之丞　駄目駄目駄目駄目、ぜーんぜん駄目っ！

カケル　……先生。

もそもそと起き上がる多喜二、礒原、川嗣。

花之丞　カケルさん。今のは何。

カケル　お稽古ですが。

花之丞　お稽古？

カケル　はい。『必殺洗濯人』。来月興業のお稽古です。

花之丞　ああ、そうだったわね。あんまりぬるいんでモンキーダンスでも踊ってるのかと思った。

カケル　モンキーダンス？　なんのことです？

花之丞　モンキーダンスはモンキーダンスよ。星飛雄馬がオーロラ三人娘と踊ったあのモンキーダンスよ。

カケル　あんまり譬えが古すぎて、ほめてるんだか、けなしてるんだかわかりませんわ。

花之丞　なんですって。

多喜二　まあまあ、先生。カケルは若いんだから。若いもんには若いもんのらいぶらりーってもんがありまさあ。
磯原　それは図書館だよ、多喜二さん。
多喜二　やかましい。図書館行って勉強すんだよ！
花之丞　……多喜二さん、あなた、今、死にましたか。
多喜二　え？
花之丞　殺されましたか、今のこのコに。
多喜二　そりゃあ、まあ。
花之丞　川ちゃん、一尊。あなた達はどう。
磯原　死んだ、かな。
川嗣　多分。
花之丞　じゃあ、なんで立ち上がってるの。
一同　え？
花之丞　殺された男たちが、なんで今起き上がって、煮くずれたじゃがいもみたいな顔さらしてるの。
カケル　それは、先生が駄目出しを。
花之丞　死んでるんなら、起き上がれないはずでしょう。あたしの駄目出しで起きるくらいじゃあ、まだ死んでるとは言えない。

カケル　ほんとに殺せってんですか。
花之丞　気合いよ、気合い。カケルさん、確かにあなたの段取りはきれいです。でも、形だけ。殺気がたりない。前ちゃん、陰兵衛、あんた達もそう。
二人　え。
花之丞　いいこと、あなたたちは闇の世界の洗濯人。その手をさんざん血で染めてきてるの。形だけ決めただけで、それがお客さんには伝わると思うの。
カケル　カッコよきゃ伝わります。
花之丞　そう。
カケル　はい。
花之丞　……多喜二さん、お勝手行って包丁持ってきて。
多喜二　先生、そいつぁ。
花之丞　誰でもいいから早く。

前左田、持っていたコンバットナイフを出す。

前左田　ナイフでいいすか。
花之丞　ええ。
前左田　何本いります？

と、隠し持っていたナイフをぞろぞろ出す。

陰兵衛　お前、なんでそんなもの。
川嗣　こいつ、昔はレンジャー部隊に。
前左田　ふふ。

不敵に笑う前左田。一同、ちょっと恐くなる。

花之丞　（一人その雰囲気を気にせず、カケルにナイフを渡す）さあ、これで刺しなさい。
カケル　え？
花之丞　あたしを、刺しなさい。
多喜二　これだよ、もー。
陰兵衛　やめてください、先生。
川嗣　お体にさわります。
前左田　使い方ご教授しましょうか。殺すなら頸動脈を……。
多喜二　馬鹿、いい加減にしろ!!

前左田をはり倒す多喜二。

花之丞　大丈夫。形だけでいいなんて思っている役者未満のなまくらナイフじゃあ、たとえ深々とこの腹に刺さったとしても、血の一滴を流すことだって出来はしません。それが、気合いの違いです。

多喜二　先生、そいつは言い過ぎだ。先生が倒れてからこの三年、誰がこの月影花之丞一座の看板を背負ってたっていうんですか。舞台に立てなくなった先生のかわりに、誰がお客を呼んできたっていうんですか。みんな、この桜小町カケル目当てにきてんです。それを、役者未満たあ、いくらなんでもひどすぎらあ。

花之丞　そんな未熟者に背負えるような看板ならば、私はとっくにこの稼業の幕を下ろしてます。

多喜二　先生！

カケル　多喜二さん、いいのよ。

多喜二　カケル。

カケル　本気でいかせてもらいます。（花之丞を睨みつける）

花之丞　上等よ。

睨み合う花之丞とカケル。

と、花之丞の胸についていたカラータイマーが青から赤に変わり、音を立てて点滅し出す。いつしか日は傾き、窓から差し込む夕日が二人を赤く照らす。さながら工場街で睨み合うウルトラセブンとメトロン星人のような緊張感。
と、カケルの背後から駆け込む一台の自転車。蕎麦屋の出前持ちの女である。

出前持ち　あー、あぶない。どいてどいて。ちょっとどいてー!!
花之丞　でー!!

すばやくかわすカケル。
あわてて逃げる花之丞。
自転車に乗った出前持ち、そのまま反対側に消える。壁に激突する音。

花之丞（声）　ぎょえーー!!

様子を見ている一同。
と、ふらふら出てくる花之丞。
あとから、蕎麦は無事に持ったままで出てくる出前持ち。

花之丞　あー、こわかったー！（出前持ちに）あぶないわねー、死んだらどーすんのよ！

一同　おいおい。
出前持ち　あー、すいません、すいません。ブレーキの調子が悪くて。でもほら、お蕎麦は大丈夫。
多喜二　そーゆー問題じゃねえだろが。カケルにもしものことがあったらどうするんだ。
出前持ち　（きっぱりと）蕎麦は、出前持ちの命です。

その妙な迫力に気圧される多喜二。
笑い出すカケル。

カケル　ふっふっふっふ。
多喜二　どうした。頭打ったか。
カケル　ほーっほっほっほっほ。先生、どうやらあたしの勝ちのようですね。
花之丞　え。
カケル　今、なんて言いました？　「こわかった。死んだらどうすんの」。偉そうなこと言ってても、恐いんじゃないですか。
花之丞　……何を勘違いしているの。
カケル　え？
花之丞　あたしが恐かったのは、カケルさんじゃない。そこの、あなたよ。（出前持ちを指す）

出前持ち　え？
花之丞　あたしとカケルの緊張感、よくぞ破ることができました。蕎麦屋の出前持ちにしては上出来です。
カケル　（つぶやく）絶対、自分が悪かったたって言わないのよ、この人は。
花之丞　カケルさん。役者はパッションです。あなたがほんとにあたしを刺す気だったら、たとえ自転車が迫ってこようとたとえ自転車に激突されようと、小揺るぎもしなかったはず。
カケル　そんな無茶苦茶な。
花之丞　無茶ですよ。人様の前で演じるということがそもそも無茶なことなのです。無茶を積み重ねなければ真実にはたどりつけません。
カケル　あーいえばこーゆー。
花之丞　お蕎麦屋さん。
出前持ち　へい。
花之丞　ちょっと、そのコの相手してもらえるかしら。
出前持ち　相手？
花之丞　カケルさん、その蕎麦屋を殺しなさい。
出前持ち　ひえ。
陰兵衛　先生、そいつは。

礒原　いくらなんでも。

多喜二　ああ、段取りだって決めちゃいねえ。

カケル　いいのよ、みんな。（と、周りを制して）つまりこういうことですね。たとえ相手が素人だろうと、段取りなんぞ合わせてなかろうと、パッションさえあれば舞台の上で人は殺せる。

花之丞　その通り。

カケル　いいわ。その課題、やってみせましょう。

出前持ち　じょ、冗談じゃありませんよ。

花之丞　安心なさい。お芝居ですよ。

出前持ち　お芝居？

花之丞　そう。そのコの役どころは女殺し屋。あなたは狙われた蕎麦屋の出前持ち。

出前持ち　……お、必殺ですか？

カケル　まあ、そんなものね。

花之丞　（出前持ちに）別にお芝居の相手を無理にする必要はない。逃げたいんなら、いつでも逃げ出していい。あなたの好きに動いていいから。用意、はい！（手をたたく）

カケル、たらいを構える。同時に照明、カケルと出前持ちをピン抜き。音楽。

カケル　やれと言われりゃ、舞台の上で、親でも殺すこの稼業。そう簡単に逃がしはしないよ。（と、すでに芝居に入っている）
出前持ち　ちょ、ちょっと待って。
カケル　待っているのは、冥土の鬼さ。

襲いかかるカケル。かわす出前持ち。

出前持ち　な、なにを言ってるんだい。
カケル　なにを言う？　言いたいのは、あんたの手にかかって地獄におちた罪なき人々。死人に口なしを決めこんでも、この洗濯人が、洗いざらいあんたの悪行洗い出してやらあ。

カケルの芝居に膝を打つ多喜二。

多喜二　うまい！　相手の言葉のケツをとって、うまく自分の台詞につないでいってらあ。あれなら素人相手でも自分の思い通りに筋が運べる。
礒原　あ、なるほど。
花之丞　しっ。（外野を制する）

カケル、たらいから赤ふんを取り出して、出前持ちに向かう。出前持ちの首に赤ふんを巻き付け、豪筑相手の時と同様に片膝ついてポーズをつける。

カケル　お命、お洗濯。

パンと鳴らそうとするそのとき、赤ふんが縦に二つに裂ける。もんどりうつカケル。

カケル　え？

出前持ちの手に大きい割り箸。それで、首にからみついたふんどしを裂いたのだ。

カケル　割り箸!?

割り箸を逆手に構え直す出前持ち。意外な出前持ちの反応に驚く一同。花之丞の目が光る。

出前持ち　そう簡単に殺されるわけにはいきませんぜ。

カケル　なに。

出前持ち　人の恨みを金ではらす。そういう分には聞こえはいいが、やられた相手のその裏に晴れぬ恨みがまた積もる。そう思ったことは、ありやせんか。

カケル　あんた、なにを……。

出前持ち　あたしのおとっつぁんは、その赤ふんで首をしめられて死にました。人様には忌み嫌われる悪党でしたが、それでもあたしにはかけがえのないお人。娘一人が生きていくのに、悪の道へとはまるのもしょせんは己の甲斐性のなさ。でもねえ、世のため人のためなんてきれい事で、この手を汚したことは一度だってありません。あんたが洗い流したはずの泡沫《うたかた》は三途の川の果てでどぶのように溜まってるんでさあ。

奇妙なすごみの出前持ち。そのせりふの間に、陰兵衛、川嗣と前左田、障子を運んでくる。

カケル　言うな！

出前持ちの思わぬ切り返しに多少狼狽しながら襲いかかろうとするカケル。出前持ち、そのカケルめがけてざる蕎麦のざるから見えない蕎麦の麺を投げつける。見えない蕎麦、三味線屋の糸のようにカケルの首に絡みつく。

カケル　え。

苦しみながら障子の陰にいくカケル。

出前持ち　地獄の蕎麦の一本麺。お代は二八の十六文。三途の川の渡し賃だよ。

肩越しにぐいと麺を引っ張る出前持ち。なぜかカケル、宙づりになる。（むろん仕込み人形である）

割り箸をパシッと割ると、それで麺を切る出前持ち。人形、ドサリと障子の陰に落ちる。出前持ち、残った蕎麦をズズッと啜る。

音楽終わる。照明、元に戻る。

花之丞の手を打つ音。我に返る一同。カケル、呆然とした顔で障子から出てくる。

出前持ち　（我に返る）あー、すいません。なんか調子にのっちゃって。好きだったんです、必殺。それでつい。ごめんなさいー。

カケル　なに、この障子。誰が用意したの。こんなの勝手に。

陰兵衛　すいやせん。

前左田　ついふらふらと。

川嗣　その方がカッコいいかなあって。

多喜二　まったくてめえらは。
礒原　そういうタキさんも仕込みの人形引っ張りあげてたじゃないですか。
多喜二　あ、一尊、てめえ。
花之丞　みんな正直なものね。たとえ素人でも、気合いがあれば段取りはあとからついてくる。

そうつぶやく花之丞を、睨みつけるカケル。翻って出前持ちに。

カケル　……あなた、名前は。
出前持ち　え。
カケル　名前は！
出前持ち　あ、赤巻紙茜です。
カケル　え？
出前持ち　赤巻紙、茜、です。

以降、出前持ちは茜である。

カケル　あか、あかまき……。
茜　あ、か、ま、き、が、み……。

カケル　あー、もー、名前まで馬鹿にして。赤巻紙だか黄巻紙だか知らないけど、覚えてらっしゃい！

駆け去るカケル。

多喜二　あ、カケル。
花之丞　（多喜二をとめる）多喜二さん、ほおっておきなさい。
多喜二　先生。
花之丞　あのコには、ちょうどいい試練です。一人で考えさせなさい。（茜に）赤パジャマ黄パジャマさん、と言いましたね。
茜　全然違います。
花之丞　蛙ぴょこぴょこ、さん。
茜　いいえ。
花之丞　とうきょうとっきょきょきゃきょきょ……。
茜　くどーい！（と、つっこむ）
花之丞　（その茜の手をつかむ）荒削りだが、いいつっこみです。が、指先まで伸ばしなさい。そうすれば、もっと大きくきれいに見える。
茜　え……。

花之丞　明日の稽古は十時からです。ただし新人は一時間前に入って、掃除をすること。
茜　おばさん。なんのことだか……。
花之丞　（茜の頬をピシリと打つ）あなたも今日からこの一座の座員です。あたしのことは先生と呼びなさい。
茜　あの、あたしは、ただの出前持ちで……。
花之丞　だまらっしゃい！　新人のくせに座長に意見しようなど十年はやい。
茜　いや、だから、あたしはお蕎麦を……。
花之丞　陰兵衛、一尊。この子に稽古場のしきたりを教えなさい。
二人　はーい。
茜　もしもーし。
陰兵衛　だめだめ。こうなったら人の言うことに聞く耳持つ先生じゃないから。
茜　でも、蕎麦のお金……。
礒原　交通事故にあったと思ってあきらめな。
茜　えー。でも、あー。

言いながら茜を引っ張っていく陰兵衛と礒原。
他の人間は稽古場を片づける。

花之丞　（茜を見送り）……見ましたか、多喜二さん。
多喜二　え。
花之丞　今のあのコ。即興で動きながら、周りの連中を巻き込んでいった。恐るべき才能よ。
多喜二　先生、あんまり興奮しちゃいけねえ。
花之丞　興奮？　するわよ。こんな時にしないで、何のために芝居続けているの！　ああ、あのコなら、あのコならひょっとしたら！

テンションが上がる花之丞。カラータイマーが赤く変わり警告音を発し点滅し始める。

多喜二　先生、カラータイマーが。カラータイマーが赤に！　赤に変わったら三十秒しかもたないんっすよ！　カラータイマーが!!
川嗣　落ち着いて！
前左田　先生！
花之丞　そうよ！　今度こそ『紅天狗』を!!

絶頂。そして崩れ倒れる花之丞。

多喜二　しぇ、しぇんしぇーっつっ!!!

そこに白いマントをたなびかせ、現れ出る藪雨。

多喜二　ドクター。

藪雨　心配ない、いつもの発作だ。

と、下敷きを二枚出す藪雨。それぞれ川嗣と前左田に渡す。その下敷きから電線が伸び心臓マッサージ用の電極につながっている。川嗣と前左田、猛烈な勢いで下敷きを脇に挟んでこする。藪雨、電極で花之丞の胸に電気ショックを与える。ビリビリと電気ショックを受ける花之丞。

花之丞　う、うーん。（目が覚める）あ、藪雨先生。

藪雨　気がついたか。

花之丞のカラータイマー、青に戻っている。

花之丞　またご迷惑をおかけしたようですね。

藪雨　いつも言っているだろう。テンションをあげるのは三分間が限界。それ以上だと、あなたの肉体が。

花之丞　ボンといくのでしたね。破滅の音をたてて。
藪雨　カラータイマーなんて大仰なものつけて、悪趣味な奴だと思ってるだろうが、あなたの場合、そのくらいしなければ自分の身体を顧みることもない。夢をかなわせたければ、胸の警告音に耳を貸すことだ。
花之丞　感謝していますわ。藪雨先生がいなかったら、今こうして立っていることもできなかった。

藪雨の手を握ろうとする花之丞。が、藪雨一歩下がってそれを避ける。

藪雨　私も、本物の『紅天狗』を一日でも早く見たいからな。（花之丞に）いいか。今度無理をすれば、責任はもてん。それだけは忘れないことだ。（マントを翻して駆け去る）
花之丞　（藪雨に黙礼した後、虚空を見つめ）面白いわ、面白い子が入ってきた。……赤パジャマ黄パジャマか。ふふふふふ。ほーっほっほっほ。

高笑いする花之丞、闇に溶ける。

——暗転——

第二景

稽古場から自宅へと歩く藪雨。
そこに現れる綾部。

綾部　藪雨先生。藪雨史郎先生ですね。
藪雨　誰だかしらんが急いでいるので。
綾部　私、綾部彩美と申します。
藪雨　それがどうした。（と、とっとと去ろうとする）
綾部　イエローキャブのMEGUMIのマネージャーを務めている者です。彼女がぜひ、先生とお食事をと。
藪雨　……話を聞こうか。

戻る藪雨。その彼に、綾部のパンチ。

気絶する藪雨。
暗転。
と、高層ビジネスビルの一室。
日本の芸能界に一大派閥を築く仰グループの中枢であるビルの一室だ。
藪雨、椅子に座らされている。
男の声がする。仰天一郎だ。
大きく流れる『白鳥の湖』。

天一郎　チャイコフスキーはお好きですか。
藪雨　（気がつき）だ、誰だ、貴様。
天一郎　尋ねているのは私だ。チャイコフスキーは好きかと訊いとるんだ。ちなみに、私は嫌いだ！　大っ嫌いだ!!
藪雨　じゃ、かけるなよ。
天一郎　好き嫌いを言うな!!
藪雨　何を言っとるんだ、お前は。
天一郎　いいから聞け。
藪雨　お前が聞け、人の話を聞け。その前に縄をとけ。そして俺を家に帰せ。俺には大事な用事があるんだ。

天一郎　『オールスター水着でバンバン歌合戦』かね。
藪雨　な、なぜそれを。
天一郎　日本医学界一の巨乳好きと噂される君が、あの番組の留守録を忘れるとはうかつだったねえ。
藪雨　だ、だまれ。急患だったんだ。
天一郎　綾部。
綾部　はい。（と、藪雨の縄を解く）
藪雨　失敬する。（立ち去ろうとする）
天一郎　急いでも無駄なことだよ。なぜならば、今はもう真夜中。『オールスター水着でバンバン歌合戦』のオンエアはとっくに終了している。今、自宅に戻ったところで、ブラウン管に映っているのは自腹きって映画見ている井筒監督くらいのものだ。
藪雨　そ、そんな。
天一郎　君が夢見たたわわに揺れるおっぱいの饗宴は、とっくのとうに電波となって空のかなたに消えていった。レ・ミゼラブル。人生とは無常なものですな。
藪雨　全部貴様らのせいじゃないか。返せ、俺のおっぱいを。

と、ビデオテープを出す綾部。

綾部　『オールスター水着でバンバン歌合戦』のマスターテープです。
藪雨　え？
綾部　しかも、未公開ＮＧ映像つき。
藪雨　な、なんですと。
天一郎　この私がその気になれば、テレビ局の一つや二つ動かすくらいたやすいこと。
藪雨　……お前、何者だ。
天一郎　これは失敬。私、こういう者です。（名刺を渡す）
藪雨　（読む）……ぎょうてん、いちろう……？

と、〝仰天 一郎〟と言う文字が大きく浮かび上がる。

天一郎　てんいちろう！　あおぎ、てんいちろう！

天一郎が、手をかざして文字を動かす仕草。それに合わせて、〝天〟の字が移動し〝仰天一郎〟となる。

天一郎　〝仰天 一郎〟ではなく〝仰 天一郎〟。

彼の台詞と身振りに合わせて、〝天〟の字が行ったり来たり。〝仰天 一郎〟と〝仰天 一郎〟が交錯する。

天一郎　そんな、「アッと驚くタメゴロー」とか「びっくりしたなぁ、もー」なんてギャグみたいな名前じゃない。
藪雨　仰って、じゃあ、あの〝仰グループ〟の。
天一郎　ふん。さすがに君でも知っていたようだね。
藪雨　ああ。芸能界を裏で牛耳る大財閥だと。傘下には芸能プロもあったな。但し。
天一郎　但し?
藪雨　君のタレントのおっぱいには、ロマンがない。俺の心を揺さぶるものはない。巨乳好き失格だな、仰天、一郎!
天一郎　私は巨乳好きでもなければ仰天、一郎でもない! あおぎ、てんいちろうだ!!
藪雨　……きらいなのか、おっぱいが?
天一郎　おっぱいはどうでもいい。
藪雨　おっぱいはどうでもいい奴の話などどうでもいい!
天一郎　綾部、この男を黙らせろ。

綾部、ビデオテープに銃を突きつける。

綾部　黙りなさい。さもないと、このテープの命はないわよ。
藪雨　（冷静になり）で、何の用件だい。ミスター仰。
天一郎　結構。最初から素直にそういう態度で出ればいいのだ。と、いうわけで、私のことは忘れてほしい。
藪雨　え？
天一郎　これから話すことは、非常に差し障りがある。私が何者かはよけいな詮索ご無用に願いたい。
藪雨　だったら言うなよ、最初から。黙ってりゃわからないんだから。
天一郎　ふざけるな!!　初対面の人間に自己紹介しないなんて、そんな無礼なことができるか。
藪雨　なんなんだよ、お前は。
天一郎　いやあ、失敬失敬。世間知らずに育ったものでね、ついつい我を通してしまうが、こう見えて私、手段のためには目的を選ばない男なのだよ。
藪雨　はい？
綾部　奔馬性爆心症《ほんばせいばくしんしょう》、通称ハイテンション・ビッグバン。それが月影花之丞の病名ですね。
藪雨　！
天一郎　あまりにも心臓の力が強いために、極度の興奮状態になると心臓からジェット噴流のような勢いで血液が送り出されて、その勢いで身体中の毛細血管が破裂してしま

藪雨　うという、恐るべき病。
綾部　……どうしてそれを。
天一郎　藪雨史郎。もと帝王大付属病院外科部長。将来を嘱望されながら、独断専行で行った新しい治療法で患者を死なせて、責任を問われ医師免許を剝奪。その後、行方不明となる。そのときの患者の病名こそ奔馬性爆心症、ハイテンション・ビッグバン。
綾部　つまり、君が月影花之丞に接近したのは、あくまでも自分の治療法を試すため。
天一郎　データを集め、再び医学界に返り咲くのがあなたの狙い。
藪雨　驚くだろうねえ、君を信頼しきっている月影先生が、実は自分がモルモットにされていることを知ったら。
綾部　……知らん、そんなことは。
藪雨　ごまかしてもダメですよ。私たちは証拠を摑んでいるのです。
天一郎　証拠だと。
藪雨　これを見たまえ。（レントゲン写真を出す）
綾部　それは。
藪雨　月影花之丞の胸部レントゲン。
天一郎　どこで、手に入れた。それを。
藪雨　君の恩師からだ。
　なんだと。

天一郎　ニューヨークには、知人がいてね。君が恩師のシンプル・サイモン教授に送ったレントゲン写真を入手してもらったのだよ。

と、稲光。逆光の中に立つ女性。スーツケースを持ちコート姿の上川端麗子だ。

麗子　来たわよ。天一郎。
天一郎　お待ちしていましたよ。麗子さん。
麗子　私からの贈り物は届いて？
天一郎　今、まさに使わせてもらっています。
麗子　そう。さっそく悪用してくれて嬉しいわ。
天一郎　悪用って……。
麗子　（藪雨に）お久しぶりね、先生。
藪雨　……君は。
麗子　（藪雨の前までターンを切りながら近寄り）お忘れかしら、ドクター藪雨。
藪雨　……そのターン。君は……。上川端さんか。
麗子　あら、嬉しい。覚えていてくれたのね。
藪雨　それは。
麗子　私は忘れないわ。あなたが、私のオペをすっぽかさなかったら、私は今までこれほ

天一郎　どの苦労をしなかったかもしれない。
麗子　まあまあ、それはこの先生のせいじゃない。
　もちろん、あなたが病院をクビになったせいで、私の手術はできなくなった。それはわかっている。でもね、私を救えなかったあなたが、花之丞を救うとはどういうこと。
天一郎　それもまた巡り合わせですよ。どうします、藪雨先生。私たちが摑んだ事実を公表すれば、せっかく築き上げた月影先生との信頼関係も水の泡。
綾部　あなたが集めている研究データも途中で断念せざるを得ませんね。
藪雨　……何が望みだ。
天一郎　いやいや、望みだなんて、そんなだいそれたものじゃない。最近、花之丞一座に入った新人、評判いいそうじゃないか。あの、あかまけが、あかまけが、あが！（口を押さえる）
麗子　滑舌を鍛えなさい、天一郎。
藪雨　あかまけ……、茜のことか。
天一郎　（口を押さえて）それら。
綾部　三ヶ月前に登場したと思ったら、見る見るうちに人気が出て、今じゃ看板の桜小町カケルと二分するほどの力をつけてきているとか。
天一郎　そのあか……、茜くんに、役者をやめさせてほしい。

藪雨　なに。

天一郎　座長の信頼厚きドクターだ。なんとでも理由はつくだろう。

藪雨　なぜ、お前たちがあんな小娘を。

天一郎　それにはふかーい事情があるんだが、君には教えない。

綾部　もちろんただでとは言いません。成功の暁には、これを。（と、紙切れを見せる）

天一郎　きみの新しい医師免状だ。とある大学病院のポストも用意してある。

藪雨　ふ、やすく見られたものだな。

綾部　そしてこれがＭＥＧＵＭＩの一日肩たたき券。

藪雨　！

天一郎　芸能界の影のフィクサーだと言っただろう。どうだい、藪雨くん。叩いてくれるのだよ、ＭＥＧＵＭＩが、肩を、一日中。

藪雨　……わかった。条件はのもう。

綾部　私たちのことは、くれぐれもご内密に。

天一郎　信頼しているよ。――綾部。

綾部　はい。

藪雨にビデオテープを渡す綾部。

そのビデオテープのテープカバーを開き、中のテープを眺める藪雨。

藪雨　なるほど。本物だ。
天一郎　見ただけでわかるのか。
藪雨　達人になればな。では。

立ち去る藪雨。

天一郎　（その後ろ姿に）何の達人だよ。
麗子　……気に入らないわね。
天一郎　あの藪医者ですか。同感です。
麗子　いいえ、あなたのファッションセンス。
天一郎　それはこの際関係ないでしょう。
麗子　でも、気に入らないファッションセンスの天一郎は信用できる。
天一郎　どっちなんですか。
麗子　そんなことはどうでもいい。
天一郎　なんだよ、それ。
麗子　こちらの準備は終わったわ。
綾部　では。

麗子　ええ。ブロードウェーでの上演プランは煮詰めてきたわ。仰グループが手がける『スカーレット・ファントム』。みんな期待しているわ。

綾部　あとは社長の腕次第、というわけですね。

天一郎　まかせたまえ。我に秘策あり。

不敵に笑う天一郎。

――暗転――

第三景

花之丞一座、稽古場。芝居の稽古中。
暗闇に浮かび上がる茜、〝沈黙へようこそ〟を歌う。

茜　ウェルカム・トゥ・サイレンス。私を包む、この闇が。光も、音も、言葉もない。沈黙だけが私の世界。この闇の中で私は生きる。

と、一条の光。そこに立つカケル。手押しポンプ式の井戸の模型を持っている。

カケル　諦めてはいけない、ヘレン。あなたには水がある。感じなさい。これがお水よ、水なのよ。

と、ぎゅこぎゅこ井戸の水を出しながら歌い上げるカケル。

カケル　目も見えず、耳も聞こえず、口も聞けない。でも、大丈夫、お水があるわ。
茜　なに、この冷たい物は。これは、なんなの。
カケル　W・A・T・E・R。ウォーター。そう！

と、突然群衆が出現する。
カケルを中心にW・A・T・E・Rの文字を身体で表現しながら合唱する。

人々　すばらしいW・A・T・E・R。W・A・T・E・R。暗闇など吹き飛ばして君も元気出せよ。そうさW・A・T・E・R。W・A・T・E・R。見えなくても、やりたいことなんでもできるのさ。
茜　「サリバン先生‼」
カケル　「ヘレン‼」
茜・カケル　W・A・T・E・R。世界はお水で満ちている。

と、歌い上げる二人。
『ロックミュージカル・奇跡の人』の稽古中である。茜はヘレン、カケルはサリバンの役どころ。

そこに現れる花之丞。群衆を演じていた一座の連中、触らぬ神に祟りなしと引っ込む。

花之丞　駄目駄目駄目駄目!!　もー、全然駄目！　カケルさん、あなた、なんで歌うの。

カケル　だって『ロックミュージカル・奇跡の人』でしょう。歌うのが当たり前じゃないですか。ミュージカルですよ！

花之丞　ミュージカルだから？　ミュージカルだから歌う？　ふざけるな!!

茜　でも、歌わないとミュージカルとは言わないんじゃ……。

花之丞　だまらっしゃい！　魂のない歌は、歌じゃありません。そんなのは、ただの鼻歌です。

カケル　それも歌じゃあ。

花之丞　理屈はいい!!　理屈はいらない!!

カケル　だいたい、なんで『奇跡の人』をミュージカルにするんですか。どこにいます、歌って踊るヘレン・ケラーが。

花之丞　いませんよ、そんなヘレンは。いるわけないでしょう、歌うケラー。はん!!　ははん!!

カケル　ははん、って、じゃあ、なんでそんな芝居。

花之丞　カケルさん、何を勘違いしているの。どこにもいないから、舞台に乗せるの。誰もやらないから、私達がやるの。それが月影花之丞の芝居。

茜　先生、あんまり興奮すると、お身体が。

花之丞　茜、あなたもそう。なに、今の芝居。魂！　魂がたりないの。ヘレンが歌うのよ。口で歌っちゃダメ。ジュリエット!!

茜　「ロミオ、ロミオ、なぜにあなたはロミオなの」

花之丞　茜！　それがダメなの!!

茜　え。

花之丞　なぜ、役名を言っただけで台詞が出てくるの。それはあなたが条件反射で言ってるだけ。脊髄で喋ってるだけ。ヤカンに触って「あちち」手を引っ込めるのとおんなじ。あなたの台詞は全部「あちち」なの。

茜　そんな。

花之丞　茜さん。あなたの過去、聞きました。あなたが、小さいときから蕎麦屋の出前でいろんな劇場の楽屋に出入りしていたこと。顔パスでいろんな芝居を観ていたこと。それが今のあなたの才能の基礎となっているのは確かです。でも、今のままじゃあ、それはただの人真似。一度、細胞の隅々からかつてみた芝居の記憶を吐き出すことが必要なのです。

茜　記憶を吐き出す……。

花之丞　そう。吐き出して吐き出して、一度ゼロになりなさい。その頭の中にある古い台詞を全部捨て去るの。

茜　でも、それは。……無理です。

花之丞　え。
茜　私、この一座に入ってまだ三ヶ月です。芝居の右も左もわからない。それでもかろうじてみんなについていけるのは、昔観たお芝居の記憶があるから。一度観た芝居は忘れない。それが私のよりどころなんです。それをなくしたらとても、明日からの舞台には立てません。
花之丞　明日の？　入ったばかりの新人が何を明日の心配をしてるの。あなたの代わりなどいくらでもいます。あなたに必要なのは今日どれだけ命を懸けたか。今日の命懸けしか明日につながるものはないの！
茜　あたし、先生に感謝してます。自分がどれだけ芝居が好きか気づかせてくれたのは、先生です。でも、これ以上は無理なんです。
花之丞　いいわ。わかった。（胸のカラータイマーのスイッチを切る）
カケル　先生。
花之丞　黙って見てて。（茜に）私が、心臓に爆弾を抱えてるのは知ってるわね。このカラータイマーは、その安全弁。心臓の爆弾が爆発しそうになると自動的に鎮静剤を投与するようになっている。いわば命のブレーカー。さあ、私も命を懸けるわ。あなたが倒れるのが先か、私の身体が破裂するのが先か、勝負よ！
茜　先生！　もうやめてください!!
花之丞　紅天狗よ！　すべては紅天狗のため!!（突然）くっ!!（と、胸を押さえる）

と、そこにかけつける藪雨。後ろから陰兵衛、礒原。

藪雨　いかん！（注射器を出すと花之丞の腕に刺す）

意識を失う花之丞。

藪雨　……鎮静剤だ。

カラータイマーのスイッチを入れる藪雨。花之丞の胸に再び青い光がともる。

藪雨　（花之丞の瞳孔を見て）もう大丈夫だ。（男達に）部屋で休ませてやってくれ。

陰兵衛、礒原、花之丞を連れて行く。

カケル　もー、すぐ命懸けるんだから。（茜を見て）ふん。

そっぽを向いて立ち去るカケル。

茜　……先生、大丈夫ですか。
藪雨　ああ。今のところはな。が、こんなことがいつまでも続くと責任は持てんぞ。もともとハイテンションな彼女がここのところ異常に輪がかかってる。異常の常時接続。ハイテンション光ファイバーだ。
茜　そんな……。
藪雨　……お前、なんでここにいる？
茜　なんでって、あたしが聞きたいですよ。蕎麦の出前に来たら、いつの間にかこんなことに。
藪雨　だったら、無理にいることはないんじゃないか。ここに。え。
茜　いや。いやなら、無理にいることは……。
藪雨　いやだなんてそんな。
茜　

と、そこに多喜二が現れる。怒っている。いきなり猛烈に怒っている。

多喜二　出てけよ!!

多喜二の猛怒に呆気にとられる茜と藪雨。

多喜二　いやなら出て行け。この大馬鹿野郎!!

茜　多喜二さん。

多喜二　いいか、よく聞け。この月影花之丞一座にはな、いやいや舞台に上がってる奴は一人もいねえんだ。そりゃ、最初はかどわかし同然で、一座に入った奴もいる。でもな、今じゃみんな身体張って先生の舞台支えてるんだ。それがなんだ。おめえみたいな根性なしのせいで先生が死んじまったらどうするつもりだ、このバカたれが！

茜　ごめんなさい。

多喜二　カケルだって妙だし、一座バラバラにするつもりかよ、てめえは。出てけよ、てめえみてえな疫病神は！　とっとと出てけ!!

茜　………………。

多喜二の剣幕に押されて駆け去る茜。
残される多喜二と藪雨。
ちょっと気まずい雰囲気。

藪雨　……俺のせいじゃないからな。

と、とっとと立ち去る藪雨。

多喜二　え。そんな……。ドクター……。

茜が去った方を振り返る多喜二。困惑の表情。

――暗転――

第四景

商店街の路地裏。

駆け込んでくる茜。呆然とたたずむ。

茜　……出てけ、か。……やっと、やっと居場所を見つけたと思ったのに……。これでまた蕎麦屋の出前持ちに逆戻りかなあ。

と、そのときヘリの音。空を仰ぐ茜。

茜　えー。

と、パラシュートのついた丼が空から降りてくる。駆け寄るとパラシュートをはずし、丼をとる茜。中身を見る。

茜　……蕎麦だ。それも、紫色の？

と、音楽。
紫色のスーツに身を包んだ男が現れる。
コーセー・オースチンだ。

オースチン　いつも、素敵なステージをサンキューベリマッチ。その蕎麦をあなたに、フォーユー。

と、茜を讃える歌を歌い踊るオースチン。

茜　だ、誰？
オースチン　フフ、今は〝紫の蕎麦の君〟とでも。
茜　紫の、蕎麦の、君ぃ？
オースチン　落ち込んでるようですね、茜サン。そーゆーときは、その蕎麦を食べて元気出してくだサーイ。
茜　これは、あなたが。
オースチン　はい。さ、どうぞ。

茜　（おずおずと食べる）……まずい。

オースチン　え。

茜　ものすごく、まずい。

オースチン　オー！（と、誰か来るのを察して）では、またいずれ。シー・ユー・アゲーン！

駆け去るオースチン。

茜　え。ちょ、ちょっと。なによ、この蕎麦。何の意味があるのよ。

と、入れ替わりに多喜二が現れる。箒を持っている。

多喜二　……あ。（茜を見つけるといきなり掃除を始める）

茜　あ、多喜二さん。

多喜二　お、おう。なんだ、こんなとこにいたのか。

茜　いたのかって。

多喜二　何やってんだよ。新人がうろうろしてるから、俺がこんなとこまで、掃除しに来なきゃならなくなっちまったろうが。

茜　掃除しに来たんですか。

多喜二　あ、当たり前だろ。稽古場まわりを綺麗にするのも、一座の人間の心がけだ。
茜　稽古場回りって、ここまでだったら商店街全部掃除しないと。
多喜二　だったら、やるんだよ。そんなこともわかんねえのか、最近の若いもんはよう。
茜　でも、私は。
多喜二　なんだ、そんな蕎麦持って。また出前持ちに逆戻りか。そんなもん置いて、「かわりにやりましょうか、先輩」の一言がなんで言えねえんだよ。
茜　…………。

と、彼らの前に、ホームレス風の髭も髪も伸び放題の男がフラフラと現れる。赤いシャツに細身のパンツ。が、どれもボロボロ。
バタリと倒れる男。

男　……は、腹が、腹がへった……。（と、置いてある蕎麦を指し）それを……その蕎麦を一口。
茜　でも、これ、まずいよ。
男　かまわん……、それを。
多喜二　……茜、食わせてやれ。
茜　え。

多喜二　いいから、はやく。

茜、おずおずと蕎麦を男に一口食べさせる。

男　う、うまい！

男、茜から箸を奪うと、今度は自分で食らう。

男　う、うまい！（あまりのうまさにターンを切る。もう一口食う。）う、うまい！（あまりのうまさにステップをふむ。一気に全部食う）う、うまーい!!（最後エコーがかかる）

呆気にとられている茜。
その男の魂の叫びに呼応するように突然、サングラスの男たちが指を鳴らしステップを踏みながら現れる。但しボロボロ。
蕎麦を食っていた男を中心に「食う、食う、蕎麦を食う、つゆつけてー」などと歌いながら踊る。
なぜか多喜二も突然サングラスをかけ、その歌と踊りに加わる。
「なんでもかんでも俺達は食う」と言うような歌をひとしきり歌い踊り終わると、また一斉に消え去る男たち。

残るは恍惚の表情でポーズを決めた男と多喜二。啞然と見ている茜。

男　……いや、娘さん。ごちそうになった。
茜　……なんか、いま一瞬、おじさんの後ろにホームレスの軍団が……。
男　ん？
茜　……ホームレスの軍団が「食う、食う！」て……。
男　……はっはっは。そうか、見えたか。
茜　え？
男　娘さん、そいつは、儂《わし》の感動だよ。
茜　感動？
男　娘さんからもらった蕎麦のうまさに、儂は思わず歌い踊った。その感動がお前さんに伝わったとき、お前さんには、儂がダンサーを従えてフルオーケストラで、ブロードウェーの舞台の上で歌い踊っているように見えたというわけだ。
茜　いや、そこまで立派なもんじゃ。て、いうか、多喜二さん、なんで一緒に踊ってるの。
多喜二　（突然、男に）おやっさん！

驚く男と茜。

多喜二　お久しぶりです、おやっさん!!　殴屋です、殴屋多喜二です。
男　……さて、どなたじゃったか。
多喜二　忘れたとは言わせねえ。タキです。ジェットのタキですよ。
男　……お前。
多喜二　思い出してくれましたか。チャキリスのおやっさん。
茜　……ちゃきりす?
多喜二　この人はなあ、俺の恩人なんだよ。
男　よせ、多喜二。昔のことだ。
茜　恩人って、この人が。
多喜二　ああ、今ではそんななりをしてるがなあ、その人も昔はもっと汚かった。が、なりは汚いが、食い意地の張った心のせまーい人だったんだよ。
茜　……それ、ほめてるの?
多喜二　ああ。若い頃、俺は小さいところで肩肘ばかり張っててなあ、ジェットのタキなんて息巻いて喧嘩に明け暮れたちんぴらだった。妙な意地の張り合いから、人一人この手にかけてもいい、度胸と空威張りを履き違えた男が、喧嘩の場に乗り込もうとした雨の日だ。劇場裏のゴミ捨て場にこの人はいた。鼻歌まじりにかろやかにゴミを漁って、食べかけのフライドチキン見つけると、それを掲げてステップを踏むんだよ。そのとき、俺の中で何かが震えた。男の意地なんてカッコつけて人一人の命取ろうとしてる自分がとてつもなく小さく思えた。なんなんだ、この胸の震えは。

　多喜二の回想か、いつの間にか雨が降る。

　と、多喜二の後ろに立っている花之丞。さしていた傘を彼に差し出す。

花之丞　それが、感動というものです。

多喜二　え。

花之丞　あれがチャキリス我志郎《がしろう》。この辺りでは有名な歌って踊るホームレス。その辺の役者など太刀打ちできない。

多喜二　あ、あなたは。

花之丞　私は月影花之丞。どうですか、多喜二さん。男が命を懸けるなら、あなたも舞台に、人の心を震わすことに、命を懸けてみませんか。

多喜二　よろしくお願いします、先生！（と、花之丞の手を握る。回想を終え茜に）……こうして俺の第二の人生が始まった。すべてはこのチャキリスのおやっさんのおかげだ。

茜　……あのう。

多喜二　なんだよ。

茜　それ、むしろ月影先生なんじゃない。多喜二さんの人生変えたのは。

多喜二　え？

茜　そのおじさんは、ただ残飯漁ってただけでしょう。芝居への道に誘った先生がいなかったらどうなってたか。

多喜二　え？

茜の指摘に初めてその事実に気づいた多喜二。

多喜二　あれえ？

困惑する多喜二。悩める彼の明日はどっちだ。
が、そんなことはさておいてずんずんと話をすすめる花之丞。

花之丞　お久しぶりです。我志郎さん。

男、瀬戸際我志郎《せとぎわがしろう》である。

我志郎　花さんか……。

花之丞　いかがでしたか。ブロードウェーは？

我志郎　たいしたことはない。ニューヨークもロンドンも、どこも残飯の味にそう変わりは

茜　ないわ。せめてもう一度この町の残飯が食いたい。そう思って密航してきたが、いや、無理して戻った甲斐があった。面白い娘を育てとるのお。さすがは花さんだ。

我志郎　（茜に）……娘さん、なかなかいい目を持っている。大事にしろよ。

　いい目？

多喜二　〝魂の瞳〟――人の感動を、魂の震えを、実体として見ることができる目だ。そうはいないぞ。

花之丞　〝魂の瞳〟？　この茜が？

茜　さすがですね。才能と残り物のありかを見抜く目は衰えていない。

花之丞　この人は……。

我志郎　瀬戸際我志郎。かつては私と一緒に芝居の道を歩んだ人。

花之丞　よせよせ。盗み食いが見つかり、お前さんの母親に放逐された男じゃよ。

我志郎　さ、戻りますよ、茜。我志郎さんも是非ご一緒に。

花之丞　儂も？

我志郎　ええ。もう一度舞台にお戻りください。月影一座は復活しています。

花之丞　なんじゃと。

多喜二　多喜二さんがよく支えてくれています。

花之丞　俺は、そんな……。

　（我志郎に）あなたが、もう一度この町の戻られたのも、運命の導き。

茜　ちょ、ちょっと待ってください。あたしは、今、帰るわけには。
花之丞　なぜ。
茜　それは……。（と、多喜二の方を見る）
花之丞　私が心血を注いで築いた一座を、あなたみたいな小娘がバラバラにできると思っているのなら、とんだ思い上がりですよ。
茜　……先生。
多喜二　申し訳ありません。差し出がましい口を。
花之丞　よしんば、そんなことでバラバラになるような劇団ならば、きれいさっぱり捨て去って一からやり直した方がまし。
茜　……どうしてですか、先生。どうしてそんなに簡単に捨て去れるんですか。捨てて捨てて、いったい何が残るんですか。
花之丞　……亀。
茜　はい？
花之丞　亀です。
茜　よく、わからないんですけど。
花之丞　人は誰でも、心の奥底に一匹の亀を飼っているのです。その亀はガラスでできていて、もろくて壊れやすく、そしてとても臆病な生き物。すぐに手足を甲羅の中に引っ込めてしまう。でもね、亀は最後には兎に勝つの。兎がどんなに先を急いでも、一歩一歩進んでいく亀が、最後には勝つの。

茜　ガラスの亀？

我志郎　ん。（おおきくうなずいている）

花之丞　そう。ガラスの亀。

多喜二　ん。（と、こちらも大きくうなずく）

花之丞　あなたの中の、ガラスの亀が歩き始めたとき。そのときが、『紅天狗』が再びこの世に現れるときなのです。

我志郎　おお、『紅天狗』。花さん、あんたはまだ。

花之丞　三年前に一度、試演してみようと思いました。が、お芝居の神様はそれをお許しにならなかったらしい。あの芝居には、あなたのような若い魂が必要なのです。

茜　……『紅天狗』って、先生のライフワークの。

花之丞　そう、知っていたの。

茜　ええ、前にカケルさんに聞きました。たった一度しか上演されたことがない幻の作品なんでしょう。

花之丞　少なくとも、今生きている人達の間ではね。

茜　え？

花之丞　人の心と世の中がすさみにすさんだとき、演劇の神が舞台に一つの奇跡を起こす。それが『紅天狗』。——あたしの言葉ではありません。死んだ母の口癖でした。

茜　先生のおかあさん……？

花之丞　『紅天狗』の原型は南北朝の時代に生まれたと言われています。葛城山で北朝の軍と南朝の軍がにらみ合っていたそのとき、一人の渡り巫女が石舞台の上で紅の天狗を演じた神楽。その舞の美しさに両軍の兵はいったん引いたとか。その後も山崎や関ヶ原、島原の乱、江戸城無血開城前夜、歴史の節目節目で紅の天狗の舞は密かに踊られたのですが、明治維新以降、その芸は途絶えていました。それを女剣劇という形で今の世に蘇らせたのが、私の母、月影雪之丞《ゆきのじょう》なのです。

スライドで銀髪に片目に眼帯をした花之丞と同じような顔をした女性が映し出される。テロップで〝月影雪之丞〟と出る。

我志郎　一九四五年、敗戦直後、まだ焼け野原となっていた東京。その一角に忽然と現れた紅の舞台。そこで繰り広げられる紅の剣士の大活躍。道行く人も足を止め、いつしか舞台の周りは無数の人であふれかえっていた。

多喜二　南北朝の動乱、関ヶ原、そして幕末。時代が大きく動くとき、忽然と姿を現す謎の剣士〝紅天狗〟。あるときは男、あるときは女、時代を超越して戦うこの不死身の剣士の謎を求めて善悪入り乱れて織りなす大河ドラマを、人々は息を止めて見入っていた。

花之丞　一座は、現れたときと同様に一瞬のうちに姿を消しました。が、残された人々は、それまで丸めていた背筋をのばし胸を張り、握り拳をかためて力強く家路についたとか。
多喜二　この観客達の中には、のちに戦後復興の立役者となる政財界の要人達の若き日の姿も見受けられたとも。
我志郎　たった一度で伝説となった舞台。それが『紅天狗』なのだよ。
茜　……観たい。その舞台、とても。
花之丞　観るに能わず、ただ感じるのみ。
茜　え？
花之丞　あなたが、やるのですよ。
茜　とても、あたしなんか……。
花之丞　今のあなた、とは言っていません。でも、あなたの中の亀が目覚めれば、夢ではない。
我志郎　……そうか。それでこのコを……。
花之丞　二十三年待ちました。待つのには慣れています。茜さん、焦ってはだめ。あなたの中のガラスの亀を信じなさい。

そこに笑いながら、バニーガール姿の天一郎が駆け抜ける。唖然とする四人。もう一度、同じ姿で駆け抜ける天一郎。

茜　……先生。もし、兎が休まなかったらどうするんですか。
花之丞　え？
茜　兎がずっと走っていても、それでも、亀は勝つんでしょうか。
多喜二　茜……。
天一郎　答えてあげなさい、月影先生。

天一郎バニー姿のまま戻ってくる。続いて綾部登場。こちらはまともな服装。

天一郎　……ガラスの亀、か。なかなか面白いことを言う。が、甘いなあ。甘い甘い。
花之丞　だれ、あなた。
天一郎　これは失敬。綾部。

綾部、花之丞に名刺を渡す。

花之丞　（名刺を見て）なんですと！
天一郎　おおっと。〝仰天　一郎〟ではありませんよ。〝仰　天一郎〟！

と、スライドで「仰天一郎」の文字が出る。

多喜二　仰って、あの仰グループか。

天一郎　わかっていただけましたかな。

花之丞　なんだ、つまらない。

天一郎　つまらないだと。

花之丞　仮にも人を喜ばせてなんぼのタレントを預かる男。自分の名前でも驚かせるのかと感心したのに、まったく見損なったわ！

天一郎　なんだと！　何を偉そうに！

花之丞　偉そうですとも！　あなたが仰、天一郎なら、私は月影、先生!!

花之丞が示すと「月影先生」と文字が出る。

花之丞　本名です！

と、花之丞の免許証が映される。顔写真と共に「月影先生」という名前になっている。

茜　免許、よくとれましたね。

花之丞　全部教官が運転してくれました。
天一郎　なんていい加減な教習所だよ。
綾部　「金さえ積めば誰でも合格」。我が仰グループの仰自動車スクール出身者です。
天一郎　はっはっは。こりゃまいった。さすが月影先生。演劇界のスリーピングビューティー&ビーストと呼ばれるだけのことはある。
花之丞　『紅天狗』は誰にも渡すつもりはない。とっと消えなさい。
天一郎　そうは、いかない。
花之丞　え……。
天一郎　あなたはまだ、そのコの質問に答えていない。私も聞きたい。兎が全力疾走でゴールまで突っ走ったら、亀の出番はあるのかな。最後に笑うのは、油断しない兎ではないのかな。
茜　ひょっとして、そのためだけにその格好……。
天一郎　手段のためには目的を選ばず。それがこの私、仰天一郎！　さあ、教えていただけますか。月影先生。休まない兎を抜くには亀はどうしたらいい。
花之丞　……そのときには、ジェット噴射がある。
天一郎　はあ？
花之丞　たとえころがされても、足をもがれようとも、ジェット噴射がある。プラズマ火球がある。ウルティメット・プラズマがある。バニシング・ソードがある。それが亀の力。

天一郎　それは怪獣じゃ……。

花之丞　黙らっしゃい！　亀も気合いが入れば怪獣になるくらいの芸当ができるのです。いますか、兎の怪獣が。いるなら言ってごらんなさい。

天一郎　ルナチクスってのが『ウルトラマンA』に……。

花之丞　ほうら、答えられない。

多喜二　答えてますよ。

花之丞　いいえ、私には聞こえません。よしんば、いたとしてもそんなマイナーな。お聞きなさい、天一郎。

天一郎　いきなり、呼び捨てだよ。おい。

花之丞　真の怪獣というのはね、ブラウン管なんかに収まる代物じゃない。地球の生態系丸ごとの侵略だろうと前田愛の逆恨みだろうと身体を張ってずどーんと受け止めるくらいの大いなる意志の持ち主をして、初めて怪獣と呼べるのです。さあ、今の文の主語はどこ？

天一郎　え？

花之丞　ふ、人の言ってることの主語もわからないような若造が、『紅天狗』をどうこうしようなど百年早い。

拍手をしている綾部。

天一郎　（綾部に）お前はどっちの味方だよ！

そこに上川端麗子登場。

麗子　手こずってるようね、天一郎。

天一郎　麗子さん。

麗子　相変わらずのファッションセンスね。それがあなたの秘策ってわけ？　でも、その女のレトリックには、いくらあなたでも、まだまだ歯が立たないでしょう。

花之丞　（顔色が変わる）……あなたは。

麗子　久しぶりね、花之丞。（我志郎に）これはこれは、我志郎さんも。役者はそろったってところかしら。

我志郎　あんた、生きていたのか。

麗子　あなたよりは、よほど立派に。

花之丞　そう、帰ってきてたの、日本に。ニューヨークでの活躍は耳にしているわ。

麗子　どうもありがとう。あなたに、そう言われて心からうれしいわ。

茜　先生……。

綾部　上川端麗子さん。世界の舞踏界では、〝ライトニング・エイジア〟と呼ばれているトップダンサー。

天一郎　わが仰グループが、今度作る総合芸術劇場の芸術監督としておまねきした。こけら落としは日本とブロードウェーで同時公演する『スカーレット・ファントム』。

茜　……『スカーレット・ファントム』？

花之丞　……『紅天狗』！　麗子、これは！

麗子　そう。これは、あたしの復讐！

麗子が手をかざすと照明が彼女に集中。

麗子　あなたと、紅天狗を競い敗れ、すべてを失ったあたしの復讐！　今度は、あたしがあなたからすべてを奪い取ってやる。

花之丞が手をかざすと、それまで麗子に集中していた照明が花之丞に集中。

花之丞　それは誤解よ。あなたは何一つ失ってはいない。ただ、持っているものが見えなくなっているだけ。

再び手をかざす麗子。照明集中。

麗子　失っていない⁉　何を言ってるの？　現にあたしは声をなくした。あなたの母親のもとで、あなたと『紅天狗』の主役を取り合い、厳しい稽古にボロボロになり、あたしはのどをつぶした。あなたとあなたの母親、そして『紅天狗』が、あたしから声を奪ったのよ！

麗子、ポーズ。一段と派手な照明効果。麗子、得心の笑顔。が、花之丞の台詞と同時に照明、また花之丞に集中。

花之丞　でも、あなたはダンスの道で大成した。それに、今はそうやって声も元通りになってる。

再び麗子に照明。以下、台詞のたびに照明、花之丞と麗子を往復する。

麗子　元通り？　ふん、ふざけたことを。あたしの喉はつぶれたまま。これはね、骨を鳴らしているの。

花之丞　骨？

麗子　そう、骨。身体中の骨を鳴らすことで、しゃべっているように聞こえるの。十年、十年かかったわ。こうやって思い通りの音を出すようになるのに。強い手！（両手を広げる）この手のおかげで、今、あたしは自分の意志が伝えられる。ア、メ、ン、ボ、ア、カ、イ、ナ、ア、イ、ウ、エ、オ。（言葉に合わせて指を折る。言葉が骨の鳴る音に聞こえる）

茜　……関節話法。

つぶやくと、いきなり照明が茜に集中。

茜　（狼狽して）あ、あ、あたしの結婚資金、返してよ。なに、言ってんだ、あたし。

天一郎　と、いう……。

天一郎に照明。が、すぐに麗子に流れる。

麗子　ただの間接話法じゃないわ。

と、携帯を出しその前で指を鳴らす麗子。ピ・ポ・パ・ピと、プッシュホンの電子音が鳴る。

と、携帯の着信音がなる。

麗子 こうやって電話もかけられるわ。

綾部の携帯がなっていたのだ。電話に出る綾部。

綾部 はい、もしもし。

と、麗子、綾部にハイキック。綾部吹っ飛ぶ。

麗子 本番中に携帯の電源を切らないような人間は、こういう目にあうのよ。おわかり？（と、客席を睨む。転じて、花之丞に）どう。あたしの苦しみがあなたにわかって。花之丞。

天一郎 と、いう……。

天一郎に照明。が、すぐに花之丞に流れる。くやしい天一郎。

花之丞 わからないわ。わかりたいとも思わない。いいこと、麗子。あなたが去った後、私も心を病み、結局『紅天狗』の試演は失敗に終わった。母、雪之丞は命火を燃やし尽くしたかのようにそのすぐ後に鬼籍に入った。三年前に再び試演しようとして、私は心臓に爆弾を抱えてしまった。

麗子　ほうら、ごらんなさい。『紅天狗』は、あの芝居は人喰い鬼よ。関わる者すべてを不幸に導くの。ほら、主演男優をつとめるはずの我志郎さんも、今ではただの小汚い親父。

多喜二　馬鹿野郎、これは昔からだ。

我志郎
花之丞　はっはっはっは。

天一郎　(麗子に) 勘違いしないで。あの芝居に関わったことを、私も母も少しも不幸だなんて思っていません。残念だとすれば、それは志半ばで倒れたこと。でも、その遺志は私が継ぐ。照明。私にピンだ！(と、札束を掲げる)

照明、天一郎に集中。

天一郎　ようし、そこから動くな。こっから先は私が指示を出す！(花之丞を指す)

花之丞に照明。

天一郎　月影先生、もう『紅天狗』は、あなた一人の志じゃない。もっと、大きな夢になる。
花之丞　夢？　あなた方の言う夢とは、ただの砂糖菓子。誰にでもわかるただ甘いだけの薄っぺらな味。私は、辛党です。
天一郎　だから、血圧が上がるんですよ。
花之丞　高血圧？　結構です。私の夢は、血で描きます。私の血が紅の夢を描くのです。

と、音楽。
組曲『スカーレット・ファントム』始まる。

コーラス　紅天狗　それは幻か　時を越え　今甦る夢舞台。
花之丞　夢　それは情熱　魂賭けて　かなえる
麗子　夢　それは復讐　全てを奪ってやる
天一郎　夢　それは金になる　必ず手に入れる
コーラス　紅の夢がわたしの心奪う
茜　あたしにも見えてきたわ　紅の夢のかけら。
「　」内は台詞になる。

茜　「先生！　あたし、やります！　『紅天狗』やらしてください！」
花之丞　「茜！」
茜　「先生のお話を聞いていると、なんか、心の奥底でムクリムクリと何かが首を伸ばしてくるんです。あたしの心の中でゆっくりと……」
花之丞　「そう、それが」
コーラス　ガラスの亀！
我志郎　「ん！」
コーラス　ガラスの亀！
多喜二　「ん！」
コーラス　ガラスの亀！
我志郎　「ん！」
コーラス　亀！
多喜二　「ん！」
コーラス　亀！
我志郎　「ん！」
花之丞　「その言葉待っていました」
茜　先生が、その血で夢描くなら、私は白いキャンバスになります。先生の色に染め上げてください。

ハッとする茜。

茜　「……あ。そうか、そのために一度、真っ白になれと……」

花之丞　「よく気づきました、茜」

そこにカケル登場。

カケル　「待って！　『紅天狗』を演じるのは私です」

茜　「カケルさん」

カケル　「『紅天狗』を演じるのは私の悲願」

歌い出すカケル。

カケル　白いキャンバスなら描かれる色は最初からわかるわ。でも、私は素焼きの茶碗。先生の情熱の釜で焼き上げるまで、何色になるかわからない。そのほうがおもしろい。

花之丞　「確かに」

茜　「先生！」

カケル　「先生！」
麗子　「あのときと同じね、花之丞」

歌い出す麗子。

麗子　まるであたし達の若いときみたい。今度はこの二人を、紅の悪魔の犠牲にするつもり？
茜　いいえ。あたしはそんなことにはならないわ。
カケル　そんなことでつぶれたりなんかしないわ。
茜　そんなことじゃ負けない。
カケル　負けたりなんかしないわ。
茜　あたし達は。
カケル　あたし達の。
茜　やり方で。
カケル　夢を描く。
花之丞　そう、それが『紅天狗』『紅天狗』のために。
茜・カケル・花　すべて『紅天狗』のために!!
コーラス　紅天狗　それは幻か　時を越え　今甦る夢舞台。

茜・カケル・花　夢　それは情熱　魂賭けて　かなえる
麗子　夢　それは復讐　全てを奪ってやる
天一郎　夢　それは金になる　必ず手に入れる
コーラス　紅の夢がわたしの心奪う

と、謎の外人、コーセー・オースチン、天狗ダンサーズを引き連れて登場。

オースチン　スカーレット・ファントム！　イッツ・ア・ドリーミン！　スカーレット・ファントム。イッツ・ア・デーモン！　全ての人を巻き込んで　紅に燃え上がる情熱の炎！　それは身も心も焼き尽くす夢！　夢！　夢！

組曲『スカーレット・ファントム』は、オースチンの乱入でフィナーレを迎える。音楽終わる。悦に入っているオースチン、一同におじぎ。
一同、怪訝そうにオースチンを見ている。

茜　あれ、あなた。
オースチン　シーッ。ビー・クワイエット。今はまだミーのことはシークレットざんす。シー・ユー・アゲーン！（と煙玉を投げる）

白煙。その間に消え去るオースチンと天狗ダンサーズ。

天一郎　いったいなんだったんだ。あいつは？

首をかしげる一同。

花之丞　茜さん、カケルさん、あなた達の決意よくわかりました。次のお芝居、次のお芝居で、どちらが紅天狗×《たい》アマデウスを演じるにふさわしいか、決めさせてもらいます。演目は『ヴォルフガング×アマデウス』。

茜　ヴォルフガング……。

カケル　……アマデウス。

麗子　（笑い出す）こりない女ね。あくまで、あたし達にたてつこうってつもり。

天一郎　いいだろう。この仰天一郎、ほしいと思ったものは必ず手に入れる。相手が抵抗すればするだけ、奪ったときの楽しみが増すというものだ。

天一郎、カケルに意味ありげな視線。

天一郎　（振り向き）行きましょう、麗子さん。

立ち去ろうとする天一郎、麗子、綾部。が、袖に入る寸前振り向き、

麗子　強い手！

と、麗子たち三人、同じポーズ。そして踵を返して立ち去る。よくわからない茜達。ただカケルだけは暗い表情。

カケル　（つぶやく）……とうとう動き出したか、仰天一郎……。
茜　え？
カケル　ううん。
多喜二　……面白くなってきやがった。殴屋多喜二、久々に血が騒ぎますぜ。
我志郎　……花さん、めしを食わせてくれるか。
花之丞　たらふく。もう気の狂わんばかりに。
我志郎　いいだろう。世話になる。
多喜二　こちらです、おやっさん。

多喜二と我志郎、立ち去る。

花之丞　茜さん、あなたはヴォルフガング。カケルさんはアマデウス。二人の天才が退廃の都ウィーンと動乱の都パリ、二つの帝都で音楽の神に翻弄される宿命のドラマ。それが『ヴォルフガング×アマデウス』。さあ、天才の心を摑めるのはあなた達のどちらかしら。

カケル　……誰だろうと邪魔は許さない。でないと、何のために私は……。

茜　え。

カケル　楽しみね。容赦しないわよ、茜さん。

茜　こちらこそ。

立ち去るカケル。
カケルの言葉は気になるが、それをふっきり闘志を燃やし立ち去る茜。

花之丞　燃やしなさい、命火《いのちび》を。あなた達の炎が熱ければ熱いほど、紅の夢は鮮やかに描かれる。

一人客席に視線を流す花之丞。その唇に不敵な笑み。

花之丞　（天を仰ぎ）いいでしょう。幕を下ろしなさい。二十分間の休憩です！

花之丞、天に指をかざす。落雷。

花之丞　すべては『紅天狗』のために。ほーっほっほっほ。ほーっほっほっほ。

響く花之丞の笑い声。荘厳な『スカーレット・ファントム』の合唱の中、屹立する花之丞。ゆっくりと幕が下りる。

〈第一幕・幕〉

第二幕

信じた道を行く
そこが
道じゃなくても
猛烈な勢いで

第五景

花之丞一座稽古場。

音楽。『ヴォルフガング×アマデウス』の稽古風景である。

現れるオーストリア皇帝。演じるは殴屋多喜二。その後ろに貴族達。演じるは陰兵衛、礒原らである。

皇帝　親愛なるオーストリアの人民諸君、喜びたまえ。今、我が都ウィーンに音楽の神の申し子が誕生した。

カケル演ずるアマデウス登場。以下のような意味の歌を歌い出す。

以下、歌は「　」に入れる

アマデウス　「光あれ　神は七日をかけてこの世を作り　音楽あれ　神は七音を用いて音楽を

生んだ　神の祝福は七つの曜日と七つの音で　僕は神の言葉を伝える伝道師」

楽譜を出すアマデウス。

アマデウス　皇帝陛下に命じられた交響曲、完成しました。

皇帝　ご苦労だった、アマデウス。

そこに現れるヴォルフガング。演じるは茜。

ヴォルフガング　お待ちください、陛下。その曲ならばここに。

アマデウス　何だ、君は。

ヴォルフガング　僕の名はヴォルフガング。音楽が神の言葉を伝えるだって。ずいぶん思い上がってるな。

アマデウス　何だと。じゃあ、君は何のために曲を書く。

ヴォルフガング　決まってるさ。人間のため。

以下のような意味の歌を歌い出すヴォルフガング。

ヴォルフガング　「人生が七日間の繰り返しなら　僕は七つの音で人間を描く　五線譜はカレンダー　めくればそこに人生がある　たった七つのリフレインが　うねりささやき笑い泣き　人の心を刻み込む　音楽こそ人間　人間こそ音楽」

歌い終わると楽譜を皇帝に差し出す。

ヴォルフガング　陛下。陛下の目でどちらの曲がよいか、お確かめください。
皇帝　（アマデウスに）かまわぬのか。
アマデウス　はい。是非、そのお目で。

貴族1（陰兵衛）ヴォルフガングの楽譜を、貴族2（礒原）アマデウスの楽譜をそれぞれ受け取り皇帝に渡す。

皇帝　（楽譜を見比べ）……これは、私には判断できない。
ヴォルフガング　陛下。
アマデウス　なぜ。
皇帝　（楽譜を放り投げ）この二つの譜面、全く同じものだ。

驚くヴォルフガングとアマデウス。床に転がった楽譜を見る。

ヴォルフガング　そんな……。

アマデウス　まさか……。

皇帝　音楽の神のいたずらだ。お前たち二人に、神は、全く同じ才能を与えられたのだ。その才能を裁くことは私にはできない。

と、雷鳴。そこに現れる黒ずくめのマントを着た男。黒仮面をつけている。笑顔と怒った顔。二つの表情を持つ仮面だ。彼の後ろには同様に黒マントに仮面をつけた男が二人、下僕としてついてくる。黒下僕二人は、川嗣と前左田が演じている。闖入者を捕らえようとする貴族達。が、黒下僕に叩きのめされる。

黒下僕、ヴォルフガングを捕まえる。

黒仮面の声はエフェクトがかかっている。

ヴォルフガング　な、なにをする！

黒仮面　王が裁けないのならば、私が裁こう。

アマデウス　あなたは誰だ。

皇帝　だ、大司教。

黒仮面　お前たちは神が作りし魂の双子。その才能が一つの国にあれば必ずや災いをもたらす。一つは、今、滅ぶべき才能だ。

黒仮面、ヴォルフガングの右手をつぶそうと手にした剣を振り上げる。
ヴォルフガング、黒仮面を睨みつける。

ヴォルフガング　やめろ！　やめてくれ！　指をつぶすくらいならば、命を絶て!!　ピアノが弾けなくなるくらいなら死んだ方がましだ!!
黒仮面　音楽ができれば、その命はいらぬか。
ヴォルフガング　ああ、そうだ。音楽こそが僕の魂だ。
アマデウス　よせ、ヴォルフガング。その男は大司教じゃない。
ヴォルフガング　え。では、誰だ。
黒仮面　もう遅い、契約は終わった。貴様の魂は私のものだ。
アマデウス　まさか、悪魔？

高笑いする黒仮面。
と、我に返る多喜二。

多喜二　ちょっと待った。お前、誰だ。おやっさんじゃないな。
茜・カケル　え。

と、そこに現れる花之丞。猿ぐつわをされ縛られている我志郎を連れてくる。

花之丞　我志郎さんなら、ここにいるわ。
多喜二　おやっさん!?
花之丞　なんのいたずらかしら、天一郎さん。

笑い出す黒仮面。仮面をはずすと天一郎。
驚く一同。

天一郎　ふははは、ちょっと冗談がすぎましたかな。忠告に来たのですが、どうせならインパクトが強い方が面白いかと。
花之丞　多喜二さん。（と、座員達を下げるよう目配せ）
多喜二　はい。ほら、お前たち。まだ準備があるだろう。

と、茜とカケル以外の座員を奥に下げる多喜二。しぶしぶ下がる座員。その場に残るのは茜、カケル、多喜二、我志郎、花之丞。
座員が去ると、天一郎に話しかける花之丞。

花之丞　忠告とはまたご親切なこと。何の話でしょう。
天一郎　これ以上、お芝居の稽古を続けても、今のままじゃあ無駄ですよ。
花之丞　無駄？

綾部、出てくる。

綾部　あなた達が上演するはずだった劇場、ケツアルコアトル銀座のオーナーが変わりました。もし、公演をご希望でしたら、今度は、その方と契約し直して貰わなければなりません。
花之丞　誰、それは。

と、天一郎に照明が集中。

天一郎　いやあ。やっぱりサスがスコーンと集中するってのは気持ちいいですなあ。役者稼業は一度やったらやめられないというのも、わかる気がする。

カケル　遊び半分で舞台の上に立つ人には、絶対にわかるわけがないわ。
天一郎　おやおや。すると君たちは、遊び半分で舞台に立った人間に手玉に取られたわけだ。
カケル　く……。（言葉につまる）タッチ。（と、茜の後ろにまわる）
茜　あ、あの……。その、あれだ。あなたが遊び半分だったらあたし達も遊び半分になります。
天一郎　ほう。随分、志の低いプロだねえ。
カケル　茜ちゃん。
茜　いや、だから、そうじゃなくって、逆なんです。今のあなたは決して遊び半分じゃなかったって、そう言いたいんです。
天一郎　なに……。
茜　あたしは、そう思います。
天一郎　……ふん。まあいい。はっきりしてるのは、この私に逆らえば、本気だろうが遊び半分だろうが、二度と舞台の上には立てなくなるということだ。
綾部　ちなみに、向こう二年先の花之丞一座の公演スケジュールが入っている劇場も全て、仰グループが買い取りました。
一同　ひ、卑怯者。
花之丞　回りくどい真似を。そこまでして『紅天狗』がほしい？
天一郎　はい。私、女性を口説くときは、まず隣の家の奥さんから落とすタイプでして。

茜　それは何の意味もないのでは。
綾部　『紅天狗』の上演権、その他一切の権利をおゆずりいただきたい。そのかわり、今後月影花之丞一座の公演は仰グループが全面的にバックアップさせていただきます。
花之丞　ほーっほっほっほ、ほーっほっほっほ。

その花之丞のリアクションに虚をつかれる天一郎と綾部。

花之丞　ほんとにおかしな人達ねえ。あなた達、劇場を押さえて、それで私達を封じ込めたつもり。
天一郎　え？
花之丞　ご存じない？　『紅天狗』の初演がどこで行われたか。
綾部　……野外ステージ。
花之丞　この我志郎さんが、いまもどこを住まいにしているか、ご存じ？
綾部　……道。
花之丞　そう。小屋が駄目なら道がある。舞台がなければ作ればいい。あなた達がどんな姑息な手段を使おうと、私達を封じ込めることなどできはしない。
天一郎　んー、それはどーでしょうねえー。
綾部　この辺の道路も全て、仰グループが買い占めました。今後は野外の演劇活動もホー

茜　ムレスの居住もすべて許可が必要になります。
天一郎　な、なんて無駄遣いを。
　ふふん。金持ちが無駄遣いしなくて何の金持ちよ。世間の連中からねたみひがまれ嫌われる。これが金持ち三原則。この仰天一郎、その気になれば国家予算レベルの無駄遣いができる男です。（我志郎に）おっさん、もう勝手に道で寝ちゃ駄目だから。
我志郎　ぬぬ。
天一郎　おっさんだけじゃない。この街のすべてのホームレスの行き場もなくなってしまうよ。君たちの考え次第では。書を捨てても街には出られない。寺山修司も真っ青というわけだ。おやおや、これは少しハイブロウなジョークだったかな。はっはっは。
多喜二　汚い真似を。
天一郎　さあ、月影先生。あなた一人の意地で多くの人間が路頭に迷ってもかまわないというのかな。
花之丞　……わかりました。『紅天狗』は、あなたにおあずけします。
　驚く天一郎と綾部以外の一同。
一同　先生！

花之丞　私の条件は、ただ一つ。
天一郎　条件？
花之丞　あなたが、『ヴォルフガング×アマデウス』に出演すること。
天一郎　私が？
花之丞　そう。そして、それがうまくいけば『紅天狗』にも。
我志郎　花さん。そりゃあ……。
花之丞　そう。昔、我志郎さんがやろうとした役を、あなたにやってもらいます。
多喜二　先生。それはやめてください。仰グループですよ。今までさんざん嫌がらせしてた宿敵ですよ。おやっさんのねぐらを心配してくれるのはありがたいが、そのために、奴の軍門にくだることはないですよ。
花之丞　軍門にくだるつもりはありません。やっと、最後のカードが見つかったのです。
多喜二　でも……。
カケル　先生。あたしはいいと思います。
多喜二　え。
カケル　茜ちゃんの言うとおりだわ。あたしは、舞台の上で、この人の本気が見てみたい。
茜　あたしも。
天一郎　まいったなあ。ちょっと遊んでやったら、すぐこれだ。誰が、たかが芝居に本気になると思っているのかな。

花之丞　……昔、一人の若者の話を書こうとしたことがあります。役者をめざす若者の話です。その若者には、素晴らしい素質と情熱があったのだが、父親の猛烈な反対を受け、最後には彼の所属する劇団はおろか仲間の将来までもつぶすと脅され仕方なく家を継ぐという話です。

天一郎　そりゃまた随分陳腐なドラマですね。

花之丞　そうですね。結局この話は没にしました。モデルになる人物がいたのですが、結局その人物の人生を越えることは出来なかった。

天一郎　ほう、その男は、さぞ面白い人生を送っているのでしょうね。

花之丞　もっと面白くなるはずです。彼の決断いかんでは。

天一郎　……なるほど。でも、先生は多分勘違いをなさっている。

花之丞　勘違い？

天一郎　……その男は、今では舞台を憎んでいる。それも、相当深くね。

花之丞　いいわ、それで。何の感情を持たないよりもずっといい。

天一郎　わかりました。私の夢は、金。その金を得るためならば、悪魔に魂も売りましょう。

綾部　……蛇とマングースの契約が終了しました。みなさん、以後よろしく。

立ち去る天一郎と綾部。
他の人間も去る。一人残るカケル。

カケル　……そんなに、憎いのか。天一郎……。

その後ろから現れる多喜二。

多喜二　どうした、カケル。
カケル　……多喜二さん。
多喜二　顔色がよくないぞ。
カケル　いえ、なんでもない。

と、カケルに背を向けなにやら言いだしあぐねている多喜二。その間にさっさと立ち去るカケル。多喜二がもじもじしている間に、入れかわりに我志郎が出てくる。おひつをかかえご飯を食べている。
多喜二、床に紙切れを投げる。

多喜二　おや、これは何だ。あれ、ディズニーシーのチケットだぞ。なんだ、二枚あるぞ。ちょ、ちょ、ちょうどいいから、今度の日曜、いっしょに行かないか!!

と、チケットを手に持ち思い切り振り向く。

が、彼の視線に入ったのは、ご飯を盗み食いしている我志郎。

多喜二　…………。
我志郎　いいよ。
多喜二　…………。
我志郎　おにぎり作っていくか。
多喜二　…………。
我志郎　日曜日、晴れるといいな。
多喜二　…………。

多喜二の手を握ると立ち去る我志郎。
固まっている多喜二、手だけを握ったり開いたりしている。

多喜二　……ニチャニチャしている。……ご飯粒でニチャニチャしている。

彼を暗黒が包む。

――暗転――

第六景

音楽と照明。

『ヴォルフガング×アマデウス』の本番中。

クライマックスである。

燃え上がるパリの街。人々の喊声。銃の音が聞こえる。フランス革命のさなかだ。

現れるアマデウス。と、現れたフランス軍兵士1、2に剣を向けられる。演じるは陰兵衛と儀原。

兵士1　見つけたぞ、ここにも革命軍だ。
アマデウス　違う、私は、私は人を捜しに……。
兵士2　やってしまえ。
アマデウス　待て、待ってくれ。

襲いかかる兵士1、2。おろおろするアマデウス、必死で逃げようとするが追いつめられる。
と、そこに銃声。
駆けつけるヴォルフガングと革命軍の市民1、2。演じるは川嗣と前左田。

ヴォルフガング　もう、バスチーユ監獄も落ちたぞ。
市民1　革命軍の勢いはとまらない。
市民2　国王軍の敗北だ。
ヴォルフガング　おとなしく降伏しろ。
兵士1　やかましい。パリを火の海にしたのはどっちだ。
ヴォルフガング　フランスを火の車にしたのは国王だ!!

兵士1、2襲いかかる。市民1、2が、彼らを叩きのめす。逃げ去る兵士1、2。

アマデウス　……ヴォルフガング。
ヴォルフガング　……何しに来た。わざわざウィーンから。
アマデウス　君を迎えに。皇帝は君を許した。
ヴォルフガング　馬鹿馬鹿しい。いまさら貴族の音楽か。
アマデウス　今、新しいオペラに取りかかっている。頼む、協力してくれ。僕一人では書ききれない。
ヴォルフガング　オペラだって。
アマデウス　ああ、そうだ。タイトルは……。
ヴォルフガング　……『魔笛』。
アマデウス　どうしてそれを。(ハッとして) まさか君も。
ヴォルフガング　ああ、書いていた。もっとも、僕のは貴族のための音楽じゃない。この街の人々が聞き、この街の人々の心を揺さぶる。

うなずいている市民1、2。

ヴォルフガング　ウィーンはもう駄目だよ、あそこは腐った都だ。このパリを見ろ。僕が書いた曲を歌う人々が革命を起こす。

かすかに『ラ・マルセイエーズ』が聞こえてくる。

アマデウス　……あれが君の歌?

そこに現れるロベスピエール。演じるは天一郎。黒マントをしている。

ロベスピエール　そうだ。あの曲が、パリの人々の魂をふるわし、世界を変える。『ラ・マルセイエーズ』。新しいフランスを作る歌だ。

ヴォルフガング　ロベスピエール……。

ロベスピエール　パリ市長と警護隊長を倒した。政府軍の目論見はついえたぞ。革命は成功だ。こい、ヴォルフガング。さらなる戦いのために、新しい君の歌が必要だ。

ヴォルフガング　わかった。

去ろうとするヴォルフガング。

アマデウス　待て、ヴォルフ。君は平気なのか。

ヴォルフガング　え。

アマデウス　だって君が書いているのは、人と人を殺し合わせる音楽じゃないか。それで平気なのか

ヴォルフガング　……僕の名の意味を知っているかい。ヴォルフは狼、ガングは道。僕が行くのは狼の道だ。あのとき、悪魔との盟約を結んでからずっと。

駆け出すヴォルフガング。続く市民1、2。

アマデウス　待ってくれ、ヴォルフガング。

その前に立ちふさがるロベスピエール。

ロベスピエール　去れ。お前に用はない。

アマデウス　え……。

黒マントを広げ、笑いながら駆け去るロベスピエール。

アマデウス　（彼の様子にハッとして）あれは、まさか奴が！　待て、ヴォルフガング。待ってくれ!!

あとを追うアマデウス。

舞台袖。観ている花之丞と多喜二、我志郎、綾部。多喜二は皇帝の衣装。我志郎は司教姿。

綾部　いよいよ大詰めですね。

花之丞　ええ。

多喜二　あの成金野郎、なんかやるかと思ったが、千秋楽までもちやがったな。
我志郎　花さん、決めたのかい。
花之丞　なにを。
我志郎　カケルと茜。どちらを『紅天狗』の主役にするか。
花之丞　…………。
我志郎　ほう、あんたでも迷うことがあるか。
花之丞　私も迷います。思いっきり迷います。立体迷路に入って出られなくなったことも
多々あります。そういうときは壁を壊すのです。
多喜二　そして、劇団にまた借金が……。
綾部　瀬戸際さん、出番ですよ。
我志郎　……お、いかんいかん。（と、立ち去る）
多喜二　……先生。
花之丞　借金は返します。
多喜二　……俺は、技量でカケルが一歩先を行ってると思いますが。
花之丞　……今は観なさい、舞台の上の彼女たちを。邪念を捨て、ただ、観るのです。
多喜二　……すいません。

舞台上。

燃えるパリの街。
現れるヴォルフガングとロベスピエール。

ロベスピエール　見事だ、パリをつつむこの炎。もっと燃えろ。すべて灰に帰せ。
ヴォルフガング　でも、ここまで……。
ロベスピエール　それが革命だ。さあ、聞かせてくれ、ヴォルフガング。君が書いたオペラを。迷える人々を導く笛の音の調べを。『魔笛』、そのタイトルにふさわしい心震わせるスコアを。

楽譜の束を出すヴォルフガング。
そこに駆けつけるアマデウスと我志郎演じる大司教。

アマデウス　駄目だ、ヴォルフガング。その男にその曲を渡しちゃ。
大司教　目を覚ませ、神の子よ。その男こそ、お前を罠に落とし血の契約を結ばせた悪魔そのものだぞ。
ヴォルフガング　大司教……。
アマデウス　彼はただ、人間の血が欲しいだけだ。君は利用されてるんだ。
ヴォルフガング　そんな。

ロベスピエール　もう、遅い。

ヴォルフガングから楽譜を奪うロベスピエール。

ヴォルフガング　あ！

ロベスピエール　（楽譜を広げ）素晴らしい。この曲だ。この曲で人はまた血を流す。これこそが『魔笛』。もっとも、人々を地獄へと誘うハメルーンの魔の笛だがな。

アマデウス　やっぱりお前は……。

大司教　去れ、悪魔よ。（と十字架をかざす）

ロベスピエール、剣を大司教に突き刺す。

大司教　き、貴様は……。

ロベスピエール　残念ながら私は人間だ。（と、大司教を切り刻む）但し、悪魔に魂を売った男だがね。

倒れる大司教。

アマデウス　大司教様！

ヴォルフガング　騙したな、ロベスピエール！

ロベスピエール　騙していたわけじゃない。お前と同類だということだ。これは、お前が望んだ曲だよ。ヴォルフガング。

ヴォルフガング　言うな!!　返せ、僕の曲を!!

楽譜を奪い返そうと、ロベスピエールに襲いかかるヴォルフガング。その勢いに押されるロベスピエール。気をのまれたのを振り払うように、力任せにヴォルフガングを振り払ったとき、彼の拳がヴォルフガングの喉に入る。いやな音がする。喉をおさえ転がるヴォルフガング。他の役者、息を呑む。舞台袖も同様。

花之丞　あ。入った。

綾部　入った？　喉に？

ヴォルフガングのそばに駆け寄るアマデウス。一瞬、素に戻る。

カケル　（小声で）大丈夫？

せき込んでいる茜。声が出ないという仕草。

多喜二　声が、声が出ないのか、茜。

花之丞　多喜二さん、藪雨先生を。

多喜二　はい。（駆け去る）

茜、フォローを頼むという仕草。

カケル　わかった。まかせて。

うなずく茜。芝居に戻る二人。

ロベスピエール　ヴォルフガング。お前は自分を裏切ることはできない。自分の運命をな。さあ、続きを書け。お前の歌声で聞かせてくれ。『魔笛』の最終楽章を。

ヴォルフガング、大司教が落としていた十字架を拾うと、それで自分の手をつぶす。

アマデウス　そんな！

ロベスピエール　やめろ！

続いて喉に十字架を突き立てるヴォルフガング。

アマデウス　自ら音楽を絶つというのか。それが君の贖罪《しょくざい》なのか。
ロベスピエール　ばかが。その才能をむざむざ……。いや、まだだ。俺にはまだこの曲がある。ハメルーンの魔笛が。
アマデウス　それは無理だ。
ロベスピエール　なに。
アマデウス　その曲の力をうち消す曲を僕が書く。ヴォルフガングの代わりに僕が。聞こえないだろう、彼の歌声が。僕にははっきりと聞こえる。彼の魂の歌声が。僕はそれを五線譜に書き写す。
ロベスピエール　まさかそんなことが。
アマデウス　できるのさ。僕たちは魂の双子だ。
ロベスピエール　そうはさせるか。

アマデウスに襲いかかろうと剣を振り上げるロベスピエール。と、銃声。ヴォルフガングが銃を撃ったのだ。弾丸を胸に喰らうロベスピエール。彼が手にした楽譜が炎を上げて燃え尽きる。

ロベスピエール　ヴォルフガング、貴様は……。

ヴォルフガングに剣を突き立てるロベスピエール。二人、炎の中に消える。

アマデウス　ヴォルフガング、僕は書くよ。君の歌を。君と君が生んだ狂気を鎮める鎮魂歌を。そうだ、レクイエム。それが君の最後の曲だ。

盛り上がる音楽。

暗転。

ここからは、舞台裏でのドラマ。舞台中央が、舞台裏の設定になる。

走ってくる多喜二。続く藪雨。後ろから声をかけるロベスピエール姿の天一郎。その後ろに綾部。

天一郎　先生。（手にしていたポスターを広げる。ＭＥＧＵＭＩのポスターである）

藪雨　…………。

天一郎　約束は守らないとね。

藪雨　約束？

天一郎　才能のある子です。こんな事故で一座を去ることになると、実に残念ですなあ。
藪雨　貴様……。
天一郎　肩たたき券！
藪雨　ぬ。
多喜二　……何してんですか、ドクター。急いで。

藪雨、無言で走り去る。

綾部　さすがは社長。えぐい手をお使いになる。
天一郎　……わざとだったら、初日にやっているさ。こんな茶番に最後までつきあうことはない。
綾部　え……。（天一郎の表情を見て）その汗は……。
天一郎　……一瞬、本気でやられるかと思った。
綾部　社長……。
天一郎　……ただごとではなかったよ、奴の気迫は……。
綾部　こわいコですね。
天一郎　惜しいな。花之丞一座に入ってなければ……。まあいい。ころんでもただじゃ起きないのが私の信条だ。つぶさなければならないときは徹底的につぶす。そうやって

綾部　前に進んできたんだ。……おとうさまもお喜びでしょう。
天一郎　……先に戻ってろ。ちょっと様子を見てゆく。

立ち去る天一郎。反対方向に消える綾部。
舞台裏。劇団員にかつぎこまれる茜。脂汗を流して顔面蒼白。
待っている花之丞と我志郎。

我志郎　茜、大丈夫か。
花之丞　そこに寝かせて。

現れる多喜二と藪雨。

花之丞　あ、先生。
藪雨　見せてみろ。

茜の喉を見る藪雨。
そこに現れる天一郎。

我志郎　仰、貴様……。
天一郎　申し訳ないことをした。
我志郎　わざとだな。貴様、わざと……。
天一郎　おいおい。それは言いかがりってもんだ。今の私は『紅天狗』のプロデューサー。主役候補の彼女をつぶして、何の得がある。
我志郎　……それは……。
茜　お、お……。（我志郎を止めようとするが、激しく咳き込む）
藪雨　黙ってろ。今、無理をすると、ほんとに声が出なくなるぞ。

うんうんとうなずいている天一郎。

我志郎　なんか、うなずいてるぞ、この男。

とんでもないとかぶりを振る天一郎。

藪雨　ショック症状だな。気管が閉じて息をするのがやっとだ。よく、これで芝居ができたものだ。（注射を打つ）これで気管が開くはずだ。

カケルも現れる。

カケル　様子はどう。

陰兵衛　いま、藪雨先生が注射を。

多喜二　でも、さすがカケルだな。茜の台詞のフォローを、アドリブでよくあそこまで。

カケル　……あれは、あたしの力じゃない。茜の芝居が引っ張ってくれた。あたしは、彼女の芝居を言葉でなぞっただけ。

多喜二　カケル……。

カケル　土壇場には本当に強いコだわ。恐ろしくなるくらい……。

花之丞　よく気がつきました、カケルさん。以前のあなただったら、すべて自分の力だと言い切っていたでしょう。

カケル　え。

花之丞　あなたも成長しています。それはまぎれもない事実。あなたたち二人の力が、今日の舞台の幕を無事に下ろしたのです。

カケル　先生……。

花之丞　これで、また一歩『紅天狗』に近づいた。

そのとき、茜、再び激しく咳き込む。

カケル　茜、茜！

茜の喉をみる藪雨。

藪雨　いかんな。のどの奥に血の固まりが詰まっている。（腕時計のアンテナをのばす）流星号流星号応答せよ。

ストレッチャーがやってくる。

藪雨　よし、のせろ。

陰兵衛、川嗣、前左田、茜をのせる。

川嗣　どうするんですか。
藪雨　手術だ。
カケル　手術？　こんなところで？
藪雨　安心しろ。俺の診療所よりはきれいだ。

カケル　そういう問題じゃ。

天一郎　（横からのぞき）あー、いかんなー。これは難しい手術だ。このまま声が出なくなることも充分あり得るな。これは失敗しても、決して藪雨先生の責任ではない。

我志郎　ふん、いけしゃあしゃあと。誰のせいだと思ってる。

天一郎　もちろん、もしそうなったときの彼女に対する補償は、この仰天一郎が全責任を持って行おう。

花之丞　お金の問題ではありません。

天一郎　確かに。が、金で救えることもある。じゃあ頑張ってください、藪雨先生。（と、肩を叩く）この手術がうまくやれるようなら、あなたは大学病院に行っても通用する腕だ。

藪雨　……お前は……。

天一郎　よろしく。（微笑む）

メスを出す藪雨。

花之丞　藪雨先生。

花之丞の目に逡巡する藪雨。

天一郎　せんせー、お肩をたたきましょー。たんとんたんとんたんとんとん。
我志郎　何を歌っとる。
天一郎　いえいえ。（と、とぼける）
花之丞　（藪雨の様子に）どうしました。
藪雨　いや。なんでもない……。

茜の喉にメスを当てようとする藪雨。
緊張して見ている一同。
その藪雨を見つめる茜の瞳。目が合う藪雨。

藪雨　……。（メスを持ち換え自分の髭を剃る）これでよし。（手つきも鮮やかにメスをしまう）
一同　おいおい。
天一郎　なんなんだ、それは。
藪雨　医者たるもの、常に身ぎれいにしておく。これが俺のモットーだ。身も心もな。
天一郎　きさま……。
藪雨　ふ、見くびったな、仰。こう見えてこの茜、けっこうボインだ。
天一郎　なにぃ。

藪雨　いいか、覚えておけ。確かに私は巨乳が好きだ。おおきなおっぱいには無限のロマンを感じる。しかし、しかし、目の前のささやかなボインを救えずして何のおっぱい好きよ！　身近なメロンパンのために夢のプリンスメロンを失おうとも、我が人生に一片の悔いなし!!

一同　おおー!!

一同、よくわからないがうなずいている。

カケル　藪雨先生、手術は……。

藪雨　ああ、そうだった。

藪雨、ストレッチャーの下からバケツをだすと茜の後頭部をどつく。すかさずバケツを彼女の口元へ。衝撃で咳き込み、バケツの中へ血の固まりをはきだすと気絶する茜。

藪雨　これでいい。

カケル　あの、手術って、今の？

藪雨　血の固まりは吐き出した。気がつけば声も出る。

多喜二　じゃあ、さっきの前ふりはなんだったんだ。

天一郎　じゃ、そういうことで。

藪雨　まて、まだ話は残っている。（我志郎に）……さっき、あんた、この男にわざとやったんじゃないかって詰め寄ってたな。

我志郎　ああ。

藪雨　わざとかどうかは知らんが、その男は茜をこの一座から追い出したがっていた。

我志郎　なにぃ。

藪雨　私は、この男に脅されていた。私の年老いた母親を人質に取り、茜を再起不能にしなければ、母親の命は保証しないと。

天一郎　おいおい。

藪雨　が、私は母の命よりも人としての信義を選んだ。母も、息子が人として正しい道を選んだと知ったら喜んでその命を捧げるだろう。

天一郎　お前、そりゃ、あんまり卑怯じゃ……。

多喜二　藪雨先生。確か、あなたのおかあさんは一年前に亡くなったはず。劇団員全員香典包みましたが。

藪雨　じゃ、私はこれで。

花之丞　あ……。

　駆け去る藪雨。唖然としている一同。

天一郎　……まったく、あの野郎。

と、気がつく茜。

花之丞　茜さん。
茜　先生……。
花之丞　よかった、声も無事ね。
茜　……もう、大丈夫です。
多喜二　態度はあやしいが、腕は確かだな。あのドクター。
我志郎　なぜだ。なぜ、茜を追い出そうなんて考えた。
天一郎　……答える必要はない。

そのとき、カケルが天一郎の前に立つ。
今までの喋り方ではなく、落ち着いた男性的な口調になっているカケル。

カケル　もういいだろう。天一郎。
天一郎　え。

カケル　話してやりなさい。君がなぜ『紅天狗』にこれだけこだわっているのか。なぜ、私に、桜小町カケルに紅天狗を演じさせたがっているのか。
天一郎　……袋小路……。袋小路なのか。
カケル　……ああ。
天一郎　まさか、お前、記憶が戻ったのか。
カケル　……記憶は最初からあった。日本に帰ってきたときから。
天一郎　なにぃ。
カケル　できればずっと記憶をなくしたふりをしていたかった。が、君の振る舞いは目に余る。
天一郎　なぜだ、お前が昔のままと知っていれば、俺は……。
カケル　……自分一人の力で『紅天狗』にたどりつきたかった。
天一郎　そんな。お前が去ったあと俺は親父のあとを継いだ。ショービジネスの世界を牛耳ろうとした。いつお前が帰ってきてもいいように。
カケル　わかっていたさ。だからこそ、君の力は借りたくなかった。自分一人の力で『紅天狗』を手にしたとき、初めて僕も君も救われるんだ。
天一郎　冷たいじゃないか、健作！
カケル　その名で呼ぶな。
一同　健作？

と、そこに雷鳴。上川端麗子登場。

麗子　そう、健作。彼女の名は健作!!

茜　出た。

麗子　桜小町カケルとは女優としての名。本当の名前は袋小路健作。

天一郎　なぜ、それを。

麗子　どこかで会ったような気がしていたわ、カケルさん。やっと思い出した。モロッコ！　灼熱の町。砂漠を渡る風。ディートリッヒはハイヒールを脱ぎ捨て、袋小路健作は男を捨てた。そんな倒錯の町モロッコ！

茜　モロッコ？

麗子　そう、私は関節の補強手術のため、モロッコに。そこで会ったあなた。まだ袋小路健作だったころのあなた。わからなかったはずだわ、こんな風だったもの。

麗子が合図するとスライドで袋小路健作の顔写真。カケルがポマードで髪をオールバックにして口髭姿。

麗子　覚えていて。あなたが男性だった最後の夜。私とあなた、二人酒場で踊り狂った情

カケル　熱の夜。
……あなたの間接話法を見て、思い出しましたよ。できれば知らぬ顔で通したかったのですが。

花之丞　カケルさん……。

カケル　……先生、すみません。ずっと黙っていて。『紅天狗』の主役は女性。それを知った僕は女優になることを決心したんです。

と、突然、多喜二が叫ぶ。

多喜二　お、おとこー！　男だったのかー!!　そりゃねえぜ、カケルー!!　おわったー。俺の、俺の青春は今、音を立てて崩れ去ったーっ!!

号泣。ガックリと膝をつく多喜二。

我志郎　（多喜二の肩に手を置き）元気を出せ、友よ。行こう、二人でディズニーシーへ。

多喜二　……やだ。絶対にやだ。

麗子　どう。わかって、花之丞。『紅天狗』は呪われた芝居。次々に人の心をねじまげてゆく。デビル!!　『紅天狗』こそデビルな芝居なのよ！

天一郎　月影先生。昔、あなたが書こうとした若者の話には続きがある。若者の邪魔をした父親は、ある芝居の大ファンだった。その芝居以外の舞台は、若者の劇団も含めてまったく認めていなかった。父親の後を継いだ若者は思った。「その芝居を自分のものにする」それが、若者の父親への復讐だった。その芝居こそ……。

麗子　……『紅天狗』。（歌い始める）「夢　それは復讐」――。

花之丞　（合わせるように歌い始める）「夢　それは幻」――。

今まさに盛り上がらんとする二人の歌合戦を必死でとめる天一郎。

天一郎　やめんかーい！　麗子さん、月影先生。あなたがたの歌はとてもいい。私も聞きたい。でも、もうちょっと、もうちょっと二人の（カケルを指し）二人のシーンがあるんだよ。それまで待ってて。

麗子　ほんと、あとで歌わせてくれる？

花之丞　約束よ。命懸けるからね。

天一郎　うん、うん、あとで、あとで。おい、劇団員。この人達に座布団を。

陰兵衛と礒原、それぞれ上手下手に消え、座布団を持ってくる。上手下手の端に、座布団をしくと、花之丞、麗子それぞれチョコナンと正座する。

天一郎　（気を取り直しカケルに）なぜだ。お前が手術のショックで記憶をなくし女性と信じ込んでいると知ったとき、それでもいいと思った。ならば、桜小町カケルに必ず『紅天狗』を演じさせよう。それが俺の仕事だと思った。それを、なぜ君は……。
カケル　……こわかったんだ。
天一郎　こわい？
カケル　この先生は怖い人。論理は破綻してても、直感はものすごい。自分自身が自分の過去を忘れなければ、すぐに嘘がばれてしまう。袋小路健作を忘れるということは、仰天一郎を忘れるということだった。
天一郎　そんな……。
花之丞　……もし、自分が男だとばれたら、自分の過去がばれたら、『紅天狗』は演じられない。一座から追い出される。そう思ったということですね。
カケル　……先生。
花之丞　はっきりおっしゃい。そうやって私を騙そうとした。そういうことですね。
カケル　……はい。

花之丞、カケルに近づくと、平手打ちをするように右手を振り上げる。
花之丞をまっすぐ見つめるカケル。

花之丞、上げた手をすっと下げ、カケルの頬をやさしくなでる。

花之丞　いい目です。それでこそ女優。

カケル　え。

花之丞　私を騙す。女優を演じきる。その覚悟、それこそが役者。が、だったらそれをもっと舞台の上で出しなさい。私を騙すんじゃない。お客を騙すんです。騙して騙して、違う世界に連れて行くのです。音よりも速く光よりも速く別の世界へ、ピャーッとピャピャーッと行くのです。行き果てるのです！

天一郎　違う世界に行ってるのは、あなたですよ。

花之丞　男で女、袋小路健作で桜小町カケル。結構じゃない。二重人格、ジキルとハイド、望むところです。役者だったら誰でも、舞台の上で別の人格になります。男と女の心を持つ。役者としてそれ以上の武器がありますか。

カケル　武器……。

花之丞　そう、全ての道は舞台に通ず。屈折した過去、『紅天狗』への想い、芝居への情熱、すべてはあなたの役者としての武器。舞台への道しるべ。なにを動揺することがありますか。え、桜小町カケル。（と、彼女の手をとる）

カケル　は、……はい。（力強くうなずく）

天一郎　……無茶いうなあ。この人……。

麗子　無茶。それが月影花之丞……。
花之丞　喜び、悲しみ、怒り、憎しみ、全ての心を舞台にぶつけなさい。あなた達、すべての想いを飲み込んだとき、『紅天狗』の幕は開く。――いいでしょう。『紅天狗』の本番は一月《ひとつき》後。天一郎さん、劇場の準備をお願いします。
天一郎　一月《ひとつき》？　そりゃ急な。
花之丞　無理をなんとかするのが仰天一郎でしょう。
天一郎　言ってくれますね。

カケルの告白あたりから、ずっと落ち込んでいる茜。

我志郎　（その様子に気づいて）どうした。
茜　……だめだ。だめです。先生。あたし、できません。『紅天狗』……。
花之丞　え？
茜　みんな、みんな、重すぎるよ、想いが……。
我志郎　茜。
茜　……あたし、ただ、芝居が好きなだけ。カケルさん、天一郎さん、麗子さん、そして先生。みんなの想いに比べれば、あたしが舞台に立つ資格はない。
カケル　なに、言ってるの、茜。

茜　……あたしには何もありません。ただの芝居好きの蕎麦屋の出前持ち。カケルさん、『紅天狗』の主役はあなたにふさわしい。

カケル　ふざけないで！　あなたに役をゆずってもらって、それで喜ぶ桜小町カケルだと思って。見くびらないで！

茜が一歩踏み出すと、ガラガラガシャーンとガラスが割れる音。

茜　あたしの、あたしの亀は砕けてしまった。ごめんなさい！

駆け去ろうとする茜。花之丞の声が飛ぶ。

花之丞　全ての道は舞台に通ず。茜さん、それを忘れないで。

茜　……今まで、ありがとうございました。失礼します！

カケル　茜！

カケルの言葉に振り向くが、かぶりを振り駆け去る茜。

我志郎　……奴の才能が裏目に出たか……。

多喜二　（ハッとして）……〝魂の瞳〟ですか。

我志郎　それぞれの想いが、あいつには大きすぎたようだな。

麗子　……やっぱり『紅天狗』は人喰い鬼ね。

花之丞　いいえ。これもまた一度は通らなければならない道。すべては『紅天狗』のため。

茜の後を見送る花之丞。

——暗転——

第七景

稽古場近くの路地裏。
駆け込んでくる茜。落ち込んでいる。

茜　……かなわない。……あんな人達。あたしには、あんな人達と一緒に舞台に立つ資格はない。

そこに現れる一匹の亀

茜　あ、亀。（と、しゃがむ。）ふふん。こんな路地裏でなにしてる。お前も行き場をなくした野良ガメかい。あたいと一緒だ。よし、ほら、そこの溝に返してやるよ。いきな。（と、亀を放す）さよなら。元気でな。いい子に拾われるんだよ。いい子に拾われて、放射能浴びてガメラになりな。……ガメラか。先生がすきだったな……。

と、一人、「私の中のガラスの亀は砕けてしまった」という感じのバラードを歌う茜。
そこに野太い声。「亀は生きている」という感じの歌が重なる。

茜　誰⁉

地響きを立てて巨大なガラスの亀が現れる。

茜　亀？　ガラスの亀？
大ガメ　そうだ。私は、人々の心の中のガラスの亀。一人一人の亀は小さくても、百、千、万、人々の数が増えれば、これだけ大きくなる。
茜　まさか。

突然、大亀の中からオースチン登場。
「亀は生きている。鎌首もたげて大きくなる。人々の希望と欲望のみこんでグングンムクムク大きくなる。あたしの亀は世界一」というような歌を歌い踊る。

茜　でも、でも、あたしのガラスの亀は砕けてしまった！
オースチン　ドーンマーイン！　アカネさーん！　亀はかならず蘇りまーす！　今はただ、眠っているだけ。冬が過ぎれば一回りも二回りも大きくなって蘇りまーす！

茜　そうかな。

オースチン　（シリアスに大ガメの時の声で）まだ、わからないか。茜。これはお前の芝居を観た人達の心の中に育ったガラスの亀だ。

茜　あ！

オースチン　……やっと、わかったようだね。君の亀は、人々の心の中で生きているんだ。この僕の心の中にも。

茜　……歯が浮かない？

オースチン　（緊張がきれる）オー、オー。あー、疲れた。人間、慣れないことはするもんじゃないざんすね。でも、茜さーん。あなたに頑張ってほしいのは、本心ざんすー。

茜　でもね……。

オースチン　（蕎麦を出す）これを……。

茜　いやよ。まずいもの。

オースチン　そんなこと言わずに、さ。

茜　もう、一口だけよ。（一口食べる）うわー、うわー。まずー。相変わらず、まずー。だめよ。のびてるじゃない。なんかこれ食べてるとムラムラと湧いてくるわ。

オースチン　やる気が？

茜　怒りが。……よくもこんなまずいものを人に食べさせるなあって。

オースチン　その怒りをどこにぶつける⁉
茜　……舞台、舞台しかない！
花之丞　よく、言いました。茜。

花之丞登場。

茜　先生。どうして、ここが。
花之丞　我志郎さんが、多分ここだろうって。（オースチンに）……あなたは。
オースチン　オー、ミーはコーセー・オースチンといいまーす。
花之丞　コーセー・オースチン……。
茜　えー、じゃ、あなたが、あのブロードウェーで活躍中の振り付け師……。でも、どう見ても日本人。
オースチン　オー、十五のときに単身アメリカに渡りました。それは向こうでの名前。もう一つ、名前があります。月影花之丞、あなたと同じように。
花之丞　私と？
オースチン　あなたの本名は月影先生。でもホントーは読み方が違う。先に生まれると書いて〝さきみ〟。あなたには弟がいたはず。後に生まれると書いて〝あとみ〟。
花之丞　どうしてそれを！

オースチン　後に生まれる。つまり〝こうせい〟。コーセー。YOU SEE？
花之丞　じゃあ、あなた！
オースチン　後生《あとみ》です。ねえさん。
茜　うそー。
花之丞　じゃ、弟の後生？　うそ。太ったわねえ、あなた。全然わからなかった。
オースチン　いや、それは。……とにかく、ブロードウェーで『スカーレット・ファントム』の噂を聞き、もしやと思い戻ってきました。大喧嘩をして飛び出した僕です。許してくれるとは思いません。でも、陰であなた達を応援することは許してください。
花之丞　いいえ、許しません。
茜　先生……。
花之丞　陰で応援するなんてそんな月影家にふさわしくないことは許しません。コーセー・オースチンとして堂々と『紅天狗』を観ていって頂戴。
オースチン　ねえさん……。
花之丞　……茜さん。迷うことは恥ずかしくない。道に迷って歩いた分だけ、足腰は強くなる。あなたの亀はそういう亀です。そう、いわば行動力のある方向音痴！
茜　それは救いがないのでは。
花之丞　大丈夫。全ての道は舞台に通ず。どこをどう迷っていても、前に向かって歩き続けている限りたどり着ける。（茜に台本を渡す）

茜　（表紙を見て）『紅天狗』！　これが……。

花之丞　そう。それが『紅天狗』の台本。一ヶ月後、劇場で待っています。

茜　でも、稽古は？

花之丞　稽古はしません。

茜　そんな。

花之丞　一ヶ月そのホンを読んで読んで読みまくりなさい。そのとき、答えは見つかる。

茜　……（台本を開く。愕然とする）先生、これ……真っ白じゃないですか。何も書かれていません。これが『紅天狗』なんですか⁉

落雷。高笑いの花之丞。

――暗転――

第八景

『紅天狗』本番当日。劇場。楽屋。

紅天狗の扮装をしているカケル。眠狂四郎のような浪人姿の天一郎。

カケル、じっと真っ白い『紅天狗』の台本を眺めている。麗子、そんな二人を見つめている。綾部、入ってくる。

綾部　いよいよ開演ですね。
カケル　（かぶりをふる）わからない。先生は何を望んでいるの。
天一郎　やってくれるな、あの先生も。結局、本番当日まで何も言わない。
綾部　指示したのは、衣装だけですか。……なぜ、こんなことを……。
麗子　昔もそうだったわ。先代の雪之丞につきつけられたのは真っ白い台本。
天一郎　知っていたら、なぜ……。
麗子　私にも解けなかった。私だけじゃない。あのときには、花之丞にも。

綾部　そうか。そのときのショックでお二人は……。
麗子　私は声を失い、花之丞は心を病んだ。
天一郎　でも、彼女は三年前に試演をしようとしている。そのときにはもう掴んでいたんだ。この白い台本の謎を。

麗子、別の台本を出す。

カケル　何ですか、それは。
麗子　どうしても、わからなければこれをおやりなさい。
天一郎　これは。
麗子　『スカーレット・ファントム』の準備稿よ。時代劇に書き直したわ。
カケル　でも、それは……。
麗子　私も私なりに、『紅天狗』を調べていたの。先代月影雪之丞の言葉や実際に観た人から聞いたり、資料を調べたり。これは私なりに書いた『紅天狗』。まだ時間はある。あなた達なら覚えられるでしょう。
カケル　……せっかくですが。
麗子　あたしの復讐は花之丞へのもの。あなた達まで潰したくはない。このままじゃ、昔の私達の二の舞よ。

カケル　……でも、それじゃあ笑われてしまいます。結局『紅天狗』から逃げたんだと。月影先生と、そして赤巻紙茜に。

天一郎　逃げたのは茜のほうだ。もう二度と戻っては来ない。

カケル　いいえ。あのコは戻ってきます。

天一郎　なぜだ、健作……いや、カケル。お前がなぜ、あんな小娘の肩を持つ。

カケル　あのコのこわさを感じているのは、あなたもでしょう。だから排除しようとした……。

天一郎　………………。

麗子　どうして？　花之丞にわかってなぜ私にわからない。先代が死んだときに何か教えて貰ったの？　……くやしい。

と、袖の方で何やら多喜二達の声。

多喜二（声）　陰兵衛、袖の方につけ。

陰兵衛（声）　タキさんは？

多喜二（声）　俺は楽屋にいく。ぼやぼやしてんじゃねえ、礒原。

礒原（声）　あいよ。

天一郎　なんの騒ぎだ。

カケル　戻ってきたのよ、茜が。

様子を見に行く綾部。すぐに戻ってくる。

カケル　どう。茜さんでしょ。
綾部　（かぶりを振って）……月影先生が舞台に立つそうです。
カケル　そんな……。先生の身体は、舞台の上では三分しか持たないわ。無茶よ。
麗子　しょうがないわね。命懸けりゃいいってもんじゃない。……え。（何やら気づいた風）
カケル　あたし達がふがいないから……。いいわ、麗子さん、やりましょう。あなたの台本を。
麗子　待って、待って頂戴。ひょっとしたら、彼女がやろうとしてるのは……。でも、まさか、そんなことが……。花之丞、あなた！（ダッシュで舞台袖に行く）
カケル　麗子さん！

あとを追うカケルと天一郎。
舞台裏の廊下。紅天狗姿の花之丞が出てくる。
それを止めようとしている多喜二。

多喜二　無茶はやめてください、先生。

花之丞　舞台に穴をあけるわけにはいきません。
多喜二　死んじまいますよ、先生！
花之丞　……その覚悟です。
多喜二　え……。
花之丞　あなた達に伝えるべきことは全て伝えた。多喜二さん。裏のことは全て任せましたよ。
多喜二　先生……。
花之丞　すべては『紅天狗』のため。さ、私の花道をふさがないで。

花之丞が進むと、道をあける多喜二。
彼の前を通り過ぎる花之丞。

多喜二　（深々と頭を下げ）行ってらっしゃいませ！

頭を上げると踵を返して裏に急ぐ多喜二。

☆

舞台。闇を走る異形の武士1、2、3。それぞれ覆面で顔を隠している。手に松明。

武士1　急げ。

武士2　今宵こそ江戸を火の海に。
武士3　無血開城などさせてたまるか。
武士1　江戸の町もろとも徳川幕府を焼き滅ぼしてくれる。

と、そこに響く涼やかな笑い声。

声　ふっふっふっふ。
武士3　誰だ⁉
武士1　姿を見せろ。
声　天が呼ぶ、地が呼ぶ、人が呼ぶ。悪を倒せと我を呼ぶ——。

闇に一筋の光。その中に立つ紅天狗。胸に青いカラータイマーが輝く。花之丞だ。

紅天狗　転生輪廻の赤い風、お呼びとあらば即参上。
武士1　ええい、ちょこざいな。やってしまえ！
武士2・3　おう！

襲いかかる武士達。その剣をさばく紅天狗。

舞台袖。駆けつける天一郎とカケル、麗子。

天一郎　まったく、無理をする。
麗子　花之丞……。
天一郎　舞台の上で死ぬつもりか。
麗子　多分、そのつもりね。
カケル　え。
麗子　見せてもらうわ、『紅天狗』。

舞台上。武士1と闘う花之丞。武士1の覆面がとれる。我志郎だ。

我志郎　花さんのことだ。こうなると思っとったよ。
花之丞　我志郎さん……。
我志郎　お前さんとこうして舞台の上で立ち回る。何度夢見たことか。
花之丞　その言葉、何よりのはなむけ。

我志郎と離れ武士2と剣を交える花之丞。
武士2、覆面を取る。オースチンだ。

花之丞　後生……。

オースチン　客席ではなく、ここで。同じ板の上で、あなたの決意を見せてください。

花之丞　いいでしょう。しっかりごらん。この月影花之丞の太刀筋を。

オースチンを突き放す花之丞。カラータイマーが点滅しだす。

カケル　いけない。カラータイマーが。

舞台上、武士3が覆面をはずす。
その顔は藪雨史郎である。

藪雨　御免。（と、花之丞に注射する）

花之丞のカラータイマーが青に変わる。

花之丞　藪雨先生……。

藪雨　……いまさら、あなたの前に顔出しできる男ではないのだが……。せめて、何かあなたの役に立ちたいと思い……。

花之丞　先生……。
藪雨　思いっきりやれ。花之丞。危なくなったら私が注射する。でも、長くはもたんぞ。
花之丞　何分？
藪雨　もって十五分。
花之丞　いいでしょう。その十五分にすべてを賭けましょう。あのコが舞台に戻ってくるか。
藪雨　わかった。その十五分、私も力の限りを尽くそう。もし……。
花之丞　え？
藪雨　もし、無事にこの芝居の幕を下ろせたら、そのときは……。
花之丞　そのときは……。
藪雨　一生、私の患者になってほしい。
花之丞　……その衣装、よくお似合いです。史郎さん。

二人、いったん離れる。
武士1・2・3対紅天狗の殺陣。花之丞のカラータイマーが赤になるたびに、藪雨、殺陣の合間に注射を打つ。
舞台袖。

麗子　いつもいつも敵前逃亡というわけじゃないようね。見直したわ、藪雨先生。

天一郎　しかし、いつまで待つか。
カケル　行こう、天一郎さん。このまま先生を見捨ててはおけない。
天一郎　しかし。
カケル　いいわ。だったら私だけでも……。（自分の足が動かない）え。
天一郎　どうした。
カケル　……動かない、足がすくんで……。
天一郎　カケル……。
カケル　あの舞台に立って何をするの。見えない、何も。舞台に立っている自分がイメージできない。
麗子　落ち着いて、カケルさん。
天一郎　だったら、これをすればいい。（麗子の脚本をだす）麗子さんのホンだ。このまま、花之丞を見殺しにするよりはましだ。
麗子　待って。（天一郎を止める）その必要はない。待ち人来たりよ。
天一郎　え！
カケル　天一郎、あれ！

と、舞台にもう一人、紅天狗が立っている。

紅天狗　人の世にひそみ咲いたる悪の花、散らしてみしょう紅の風——。
花之丞　……何者。
紅天狗　誰が呼んだか、紅天狗。

覆面をとると茜である。驚く一同。

紅天狗（茜）　最近、私の名をかたる偽物が、この江戸の夜を騒がせているとか。今宵、その思い上がりに鉄槌をくだしに参上した。
紅天狗（花）　ほう、この私を偽物と——。面白い。偽物だったらどうする。

紅天狗（茜）、剣を抜き払う。

紅天狗（花）　斬るというか。斬れるか、お前に。
紅天狗（茜）　それが紅の風の定めなれば。
紅天狗（花）　笑止！

剣を交える二人。遠巻きに見る武士1・2・3。
つばぜり合いの二人の紅天狗。

花之丞　よく、戻ってきました。茜さん。摑みましたか、あなたの『紅天狗』を。
茜　いいえ。
花之丞　では、なぜ、ここに。
茜　先生を斬りに。
花之丞　え？
茜　この舞台の上で先生を斬れば、いやがおうでも出番はなくなる。楽屋に戻らざるをえないでしょう。無茶はしないでください、先生。
花之丞　では、あなたは、私の身体を想って。
茜　はい。舞台の先生を観て、気がついたらここにいました。
花之丞　それで、この芝居はどうします。一度幕が開いたこの芝居はどうします。
茜　あたしが何とかします。あたしだけじゃない。カケルさん、天一郎さん、我志郎さん、多喜二さん。みんなみんな。みんなの力で幕は下ろします。
花之丞　…………。
茜　台本が真っ白ということは何をやってもいいということ。真っ白の舞台にみんなの力で紅の夢を描きます。
花之丞　上出来！　それが『紅天狗』です！
茜　え!?

花之丞、茜と離れ芝居に戻る。武士1・2・3をぶったぎる紅天狗（花）。

紅天狗（花）（笑い出す）ふはははは。見たか。偽物か本物かなど、しょせん言葉の上のもの。我らはともに血に飢えた剣の鬼。人の血に染まった紅の天狗よ。生き残ったもの、すなわち本物。

紅天狗（茜）その通り。だから、せめて我らが開いた血の道の上は、無垢なる人を通らせる。それが紅の風の誓い。

紅天狗（花）ならば、倒せ。見事斬れるか、その剣で！

交差する二人の紅天狗。

花之丞……見事です。それが『紅天狗』の剣。

茜先生……。

舞台の上でがっくり膝をつく茜。
舞台袖に去り、倒れ込む花之丞。そのカラータイマーは、点滅が激しい。
同時に駆け込む我志郎、オースチン、藪雨。

カケル　先生！

麗子　花之丞、やっとわかったわ。あなたも斬ったのね、先代を。

花之丞　……そう。『紅天狗』は、形なき芝居。決まっているのは古き紅天狗が新しい紅天狗に倒されるということだけ。

天一郎　……そこから先は、そのとき舞台に立つ役者が作る即興芝居ってことか。

カケル　それが、真っ白な台本の意味……。

花之丞　さあ、行きなさい。カケル。茜が待っている。ここから先はあなたたちの『紅天狗』。あなたたちが動けば、段取りはついてくる。そういうふうに役者もスタッフも育てている。仲間を信頼しなさい……。

藪雨　もういい、もうしゃべるな。

花之丞のカラータイマー、徐々に暗くなる。

カケル　先生！

花之丞　行きなさい、カケル。あなたの終生のライバルが舞台で待っています。

カケル　はい。

天一郎　カケル。

カケル　もう大丈夫。行くわよ、天一郎。あたしと赤巻紙茜、どっちが上かしっかり見ていて。
天一郎　わかった。

うなずくカケル。天一郎とともに駆け去る。

花之丞　新たなる修羅の道。行きなさい、二つの紅の風。それが、紅……天狗……。

言うと、花之丞ぐったりする。カラータイマーの光が消える。

我志郎　花さん……。
麗子　……花之丞。あんた、バカだよ。大バカだ。
我志郎　……麗子さん。あんた、声……。
麗子　え。（声が戻っている）出てる、あたしの声……。
我志郎　どうやら、花さんはあんたの怨念まで一緒に持って行ったようだな……。
オースチン　ねえさん！　オーマイガー！
一同　ねえさん？

舞台上。

膝をついていた茜、ゆっくり立ち上がる。

茜　さようなら、先生。あなたの遺志は、私たちが舞台の上で花咲かせます。だから、最後まで空の上で観ていてください。

その目に輝き。舞台の上に立ち続ける強い意志の光。

現れるカケル、天一郎。

カケル　さあ、茜。感じさせて。新しい紅の風を！

天一郎　容赦はしないぞ。

茜　望むところ。

三人、『紅天狗』のテーマを歌い始める。

新しい『紅天狗』の始まりである。

と、陰兵衛、礒原、川嗣、前左田、武士姿で登場。綾部もなぜか衣装をつけて舞台の上に出る。

歌う三人と立ち回り。

オースチン、我志郎、そして多喜二も衣装をつけて順に現れる。

と、パンパンパンと手を叩く音。
月影花之丞、ダメを出しながら出てくる。

花之丞　駄目駄目駄目駄目、ぜーんぜん駄目！
一同　先生！
茜　生きてたんですか。
花之丞　当たり前です。
茜　じゃあ、さっきの盛り上がりは。
花之丞　私は女優。自分にピンスポもらうためなら何でもします。でも、それも今日でおしまい。
茜　え？
花之丞　女優月影花之丞は今日死にました。明日からの私は一人の女、月影先生《さきみ》。ねえ、史郎さん。

と、現れる藪雨史郎。

藪雨　……すまん、花之丞。沖縄で新しいハイテンション・ビッグバンの患者が見つかった。私は行かねばならない。

花之丞　え？

薮雨　バストが92もある十八歳なんだ。一刻を争う必要がある。じゃ、薬は郵送するから。

一同　さいてー。

　その史郎をたたっ斬る花之丞。

薮雨　ふぎゃあっ!!（倒れる）

花之丞　一人の女、月影先生《さきみ》は今死にました。私は月影花之丞。さあ、茜。二人で舞台の道を上り詰めるのよ。舞台汚れなく道険し！

　そこに現れる剣を持った上川端麗子。

麗子　その道、私も行かせてもらうわ。今度こそくじけない。この声の続く限り。この骨の鳴る限り。真っ向勝負よ、花之丞！　強い手!!

花之丞　いいでしょう。全ての道は舞台に通ず。愛より速く涙より速く、舞台の上を駆け抜けましょう!!

　打ちかかる麗子の剣をさばく花之丞。

花之丞　（茜を見つめ）さ、来なさい、茜!!
茜　はい、先生!!

花之丞に斬りかかる茜。受けて立つ花之丞。
かくして、彼女たちは、猛烈な勢いで舞台という修羅の道を駆け抜けていく。
たとえ何か勘違いしていても、細かいことは気にせずに。
あまりの勢いで、お客の目にはとまらないとしても、そんなことは気にせずに。
すべては『紅天狗』のために。

〈花の紅天狗・終〉

あとがき

この作品は、新感線のレパートリーの中でも、僕が書いた作品の中でもかなり特殊な部類に入るだろう。

まず、主役が女性というのが珍しい。

月影花之丞と赤巻紙茜、それにライバルの上川端麗子と桜小町カケルを加えれば4ヒロインだ。男は基本的に彼女たちを支える脇役である。

後にも先にもこれだけ女優がメインの芝居は、新感線の作品では他にない。

いのうえ歌舞伎でもなければ、〃ネタ物〃と呼んでいるギャグを中心とした作品ともちょっと肌合いが違う。

ストーリーはある。常軌を逸したいきすぎた人達が、人の話には耳を貸さずに己の目的に向かって猛烈な勢いで走っていく話だが、それでもストーリーはある。

この芝居、本当に人の話に耳を貸さない連中の集合体なのだ。しかも過剰な性格の。

一番まともなのが、主人公の赤巻紙茜だろう（そう。主人公は茜なんですよ。月影先生はもう、主人公という枠組みすら超越した存在だ）。彼女がクライマックス近く、「私にはできない」と逃げ出してしまうのも、全くむべなるかなと思ってしまう。こんな異常な人達に囲まれてれば、普通の人間ならそう思うよ。ついていけないと思うよ。

結果的に舞台に戻るのも、月影先生の身体を心配するあまりだし、こんな気だてのいい子が、このあと無事女優を続けていけるのか、書いてる俺が心配になってきた。

そういえば、初演が終わって、もしパート2があったらと、オープニングだけ思いついた。

幕開けは、茜の引退公演。

花之丞一座から巣立ち今や日本を代表する女優になった赤巻紙茜。が、舞台に立っても自分の中に燃えるものがないことに気づいた茜は引退を決意したのだ。その千秋楽。何度かのカーテンコールのあと、深々とお辞儀をする茜。下りてくる緞帳。

と、客席から響く女性の声。

「お待ちなさい、茜。その緞帳を下ろすことはこの私が許しません」

そこに立っている白髪の女性。年老いた月影花之丞だ。茜が巣立ち、花之丞一座を解散し消息不明になっていた花之丞だ。

「先生……」驚く茜。

客席からゆっくりと舞台に上がっていく花之丞。

「あなたの命火は、そんなことで燃え尽きるというの。この私よりも早く？　そんなことは許しません。ご覧なさい、茜」

舞台の上に立つ花之丞。その白髪が見る見る緑の黒髪へと変わっていく。

「先生？　か、髪が真っ黒に！」

「魂の炎があれば、髪の色くらいどうとでもなります。それが女優。さあ、行きましょう。新しい戦場へ」

「戦場?」

「ええ、ブロードウェー。今度は世界が相手ですよ」

彼方を見つめる茜と花之丞。

そこにタイトルが入る。

『スカーレット・ファントム——月影花之丞ニューヨークへ行く』——。


ほうら、書いてて止まらなくなった。

この芝居に関わると、手に花之丞が憑依して勝手に言葉を紡ぎ始めるのだ。

実際、初演を書いてるときに、右手に花之丞、左手に上川端麗子がいて、二人のやりとりを書かされてる感じがしたもんだ。

そして、そのキャラが暴走する感覚が、実に気持ちがよかったりするのだ。

それは、久しく忘れていた感覚だ。

まだまだ、まとまるのは早い。荒削りでいい。そういう気にさせる。

ギャグ漫画家二十五歳限界説というのが、かつてあった。

センスとアイディアを消耗するギャグは、それだけ作家生命を消耗させるというのだ。

確か筒井康隆氏が似たようなことを言っていたと思う。

「スラプスティックを書くのは、体力がいる。若いときにしか書けないのではないか」そういう意味のことだったと記憶する。

実際自分もそういう感覚はある。近作になるに連れてギャグの比重は減っている。斬新なアイディアというのも、そうそう出るもんじゃない。最近はバリエーションであったりアイディアの複合技であったりアレンジであったり、そういう技術的なところでやっていた感はある。

それでもそこに「笑かし」を入れたいという気持ちだけはあるから困るのだ。迷いもあった。が、今回、再演にあたり改めて『花の紅天狗』を直したときに、僕も月影先生に教えられたのだ。

「全ての道は舞台に通ず。迷った分だけ足腰が強くなる」

ああ、わかりました。迷います。思いっきり迷います。

でも、魂だけは忘れません。

老いたオウムのフリントに言葉をかけるシルバー船長じゃないですが「俺達はまだまだ飛べるんだぜ」です。

最後に、初演に引き続き素晴らしいチラシイラストを描いてくださった高橋留美子先生。今回は戯曲集にもイラストを流用させていただいて有り難うございました。

初演の際、都内某所の喫茶店で、イラストの生原稿を拝見したときの感動は忘れません。

そして何より、この芝居を書かせてくれた、二人の女優。木野花さんと川崎悦子さんに深い感謝を。

あなた達がいなかったらこの舞台は成立も、ましてや再演もされてはいなかったでしょう。

七年たっても、あなた達は相変わらず月影花之丞と上川端麗子でした。

素晴らしいことです。

僕も頑張ります。

二〇〇二年十一月

中島かずき

花の紅天狗☆上演記録

東京◉2003年4月9日〜27日　ル テアトル銀座
福岡◉2003年5月2日〜3日　メルパルクホールFUKUOKA
大阪◉2003年5月17日〜25日　シアター・ドラマシティ

■キャスト

月影花之丞＝木野花
赤巻紙茜＝高橋由美子
桜小町カケル＝森奈みはる
殴屋多喜二＝川原和久
上川端麗子＝川崎悦子
藪雨史郎＝粟根まこと
瀬戸際我志郎＝逆木圭一郎
コーセー・オースチン＝右近健一
陰兵衛烏賊橋＝インディ高橋
礒原一尊＝礒野慎吾
綾部彩美＝保坂エマ
ハラショー川嗣＝川原正嗣

前左田トール＝前田悟
花之丞一座・座員＝葛貫直子・須永祥之・花井京乃助・二木奈緒
仰天一郎＝池田成志

■スタッフ
作＝中島かずき
演出＝いのうえひでのり

美術＝堀尾幸男
照明＝吉澤耕一
音響＝井上哲司
音効＝末谷あずさ・大木裕介
振付＝川崎悦子
殺陣指導＝田尻茂一・川原正嗣・前田悟
アクション監督＝川原正嗣
音楽＝岡崎司
歌唱監督＝右近健一
衣裳＝竹田団吾
ヘアメイク＝西川直子
小道具＝高橋岳蔵
特殊効果＝南義明

映像＝樋口真嗣・モーターライズとゆかいな仲間たち
大道具＝俳優座劇場
演出助手＝坂本聖子・小池宏史
舞台監督＝富田聡

宣伝美術＝河野真一
イラスト＝高橋留美子
写真＝中川彰
宣伝協力＝宇都宮明美（る・ひまわり）
制作協力＝ピクニック（福岡公演）・キョードー大阪（大阪公演）
宣伝・票券＝脇本好美（ヴィレッヂ）
制作進行＝小池映子（ヴィレッヂ）
制作＝細川展裕・柴原智子（ヴィレッヂ）
企画製作＝劇団☆新感線・ヴィレッヂ
主催＝ヴィレッヂ・RKB毎日放送・関西テレビ放送
支援＝平成十五年度文化庁芸術団体重点支援事業

中島かずき（なかしま・かずき）
1959年、福岡県生まれ。立教大学卒業。舞台の脚本を中心に活動。㈱双葉社に編集者として勤務すると同時に1985年4月、『炎のハイパーステップ』より座付作家として劇団☆新感線に参加。以来、物語性を重視した脚本作りで、劇団公演3本柱のひとつ〈いのうえ歌舞伎〉と呼ばれる時代活劇を中心としたシリーズを担当。2003年、『アテルイ』で第47回岸田國士戯曲賞を受賞。そのほかの代表作品に『野獣郎見参』『髑髏城の七人』『阿修羅城の瞳』などがある。

K. Nakashima Selection Vol. 8
花の紅天狗

2003年4月9日　初版第1刷印刷
2003年4月20日　初版第1刷発行

著　者　中島かずき
発行者　森下紀夫
発行所　論　創　社
東京都千代田区神田神保町 2-19　小林ビル
電話 03（3264）5254　振替口座 00160-1-155266
組版　ワニプラン／印刷・製本　中央精版印刷
ISBN4-8460-0473-2